Os vendedores de cigarros da praça Três Cruzes

Joseph Ziemian

Os vendedores de cigarros da praça Três Cruzes

TRADUÇÃO DO ÍDICHE E APRESENTAÇÃO Jacob Lebensztayn

São Paulo, 1ª edição

TRÊS ESTRELAS

Título original *Papierosiarze z Placu Trzech Krzyży*

Esta publicação contou com o apoio do ©POLAND Translation Program

BOOK INSTITUTE

©POLAND

EDITORA Rita Mattar
CAPA Luciana Facchini
FOTO DA CAPA Yad Vashem
FOTOS Yad Vashem
PROJETO GRÁFICO DO MIOLO Mayumi Okuyama
EDITORAÇÃO ELETRÔNICA Editora Página Viva
PREPARAÇÃO Ana Cecília Água de Melo
REVISÃO Eduardo Russo, Paula B. P. Mendes

Dados Internacionais de Catalogação na Publicação (CIP)
(Câmara Brasileira do Livro, SP, Brasil)

Ziemian, Joseph, 1922-1971
Os vendedores de cigarros da praça Três Cruzes / Joseph Ziemian ; tradução do ídiche e apresentação Jacob Lebensztayn. -- 1. ed. -- São Paulo : Três Estrelas, 2019.

Título original: Papierosiarze z Placu Trzech Krzyzy
ISBN 978-85-68493-60-1

1. Crianças judias no Holocausto - Varsóvia - Polônia 2. Guerra Mundial, 1939-1945 - Crianças - Varsóvia - Polônia 3. Guerra Mundial, 1939-1945 - Resistência judaica - Varsóvia - Polônia 4. Holocausto judeu (1939-1945) - Varsóvia - Polônia - Narrativas pessoais 5. Judeus - Perseguições -Varsóvia - Polônia 6. Ziemian, Joseph, 1922-1971 I. Lebensztayn, Jacob. II. Título.

19-30429 CDD-940.5318092

Índices para catálogo sistemático:
1. Holocausto judeu : Sobreviventes : Relatos : Guerra Mundial, 1939-1945 : História 940.5318092
Maria Paula C. Riyuzo - Bibliotecária - CRB-8/7639

A edição em ídiche foi publicada pela Editora Hamenora, Tel Aviv, em 1964.

Este livro segue as regras do Acordo Ortográfico da Língua Portuguesa (1990), em vigor desde 1º de janeiro de 2009.

TRÊS ESTRELAS

Al. Barão de Limeira, 401, 6º andar
CEP 01202-900, São Paulo, SP
Tel.: (11) 3224-2186/2197
editora3estrelas@editora3estrelas.com.br
www.editora3estrelas.com.br

Sumário

Apresentação do tradutor

Como um grupo de crianças judias pôde sobreviver em Varsóvia, na Polônia, durante a ocupação alemã na Segunda Guerra Mundial? Habilidosos e inteligentes, passando-se por poloneses, vendiam cigarros na parte ariana da capital; alguns participaram do Levante de Varsóvia em 1944. Esse é o cerne de *Os vendedores de cigarros da praça Três Cruzes*, de Joseph Ziemian, que ora apresento aos leitores.

Nascido em Varsóvia em 1922, Joseph Ziemian tinha dezessete anos quando a capital da Polônia foi tomada pelos nazistas. Seu pai, Dawid Zysman, possuía uma loja de instrumentos musicais. Durante a ocupação, Ziemian precisou defender sua família, que sofria com a fome e com doenças. Sobrevivente do gueto de Varsóvia, devastado pelos alemães em 1943, ele foi um combatente da Resistência Judaica. Possuía uma carteira de identidade falsa, que lhe garantia liberdade de movimento. Apesar de tudo que viu da barbárie da guerra, ficou estarrecido quando encontrou na praça Três Cruzes, em Varsóvia, meninos e meninas que procuravam sobreviver na zona ariana vendendo cigarros, cercados por um sólido muro de ódio destruidor.

Ziemian logo se tornou o protetor dessas crianças, e também seu cronista: fez um registro da situação angustiante delas durante a ocupação alemã. Para isso lançou mão de um tesouro secreto: na Introdução, Ziemian conta que depois da guerra encontrou, em esconderijos subterrâneos, seus escritos sobre o Movimento de Resistência Judaico e sobre esses vendedores de cigarros. Ele aproveitou tais manuscritos e, complementando-os com lembranças e notícias fidedignas, escreveu este livro.

Fragmentos da primeira versão de *Os vendedores de cigarros da praça Três Cruzes* apareceram em 1948, em polonês, com o título original de *Papierosiarze z Placu Trzech Krzyży*. Após a guerra, Joseph Ziemian se formou na Politécnica de Varsóvia e, em 1957, emigrou para Israel. As primeiras edições do livro datam dos anos 1960, em ídiche, hebraico, polonês e romeno. A edição hebraica publicada pelo Yad Vashem (Museu do Holocausto), em Jerusalém, veio à luz em 1962 e foi um sucesso de público. Em 1975 saíram as edições em alemão e inglês, tendo havido uma nova edição nessa língua em 2005. A tradução para o francês é de 2012. A obra de Ziemian recebeu, em Nova York, um prêmio literário oferecido pelo Congresso Judaico Mundial e foi adaptada em uma produção transmitida na televisão israelense. Esta tradução foi feita a partir da edição em ídiche publicada pela editora Hamenorá, de Tel Aviv, em 1964. Após a leitura dos primeiros capítulos, decidi que iria traduzi-lo para a língua portuguesa por sua relevância como documento do Holocausto.

Em 30 de janeiro de 1971, Joseph Ziemian faleceu após curta doença, aos 49 anos. Conta Janina Ziemian, sua esposa: "Antes de morrer, seus amigos o visitaram no hospital, e ele se despediu deles como se se tratasse dos mais prezados membros de sua família. Os vendedores de cigarros não o esqueceram: encontram-se frequentemente em sua casa ou junto a seu túmulo para honrarem a sua memória".

Como pesquisador, Ziemian se concentrou na história do Gueto de Varsóvia. Após a sua morte, o Yad Vashem publicou um artigo de sua autoria, em que descreve como se modificaram os limites do gueto até a Revolta ("Gevulot Getto Varsha ve-Shinuyehem" [As fronteiras do Gueto de Varsóvia e suas modificações]).

Significativas são as palavras de Christian Estrosi, deputado dos Alpes Marítimos, na França, na tradução francesa do livro: "As crianças judias da praça Três Cruzes, em Varsóvia, sem dúvida não foram exemplares. Elas não faziam a moral, sobreviviam. Não pregavam a virtude, enfrentavam o mal. Não militavam por uma causa, defendiam sua humanidade".*

Acompanhando Coxo, Touro, Teresa, Bolus, choramos ante o horror da guerra, ante as enormes dificuldades que tiveram de enfrentar, e rimos com a habilidade e esperteza deles. Mas principalmente aprendemos com os vendedores de cigarros a viver com coragem e com humanidade, apesar de tudo. O livro mostra também a generosidade e a coragem de alguns poloneses que, arriscando a própria vida, ajudaram essas crianças alimentando-as e recolhendo-as, como fizeram a sra. Kalota, a Vovó da rua Krucsa e a sra. Lodzia.

Para os leitores contemporâneos, este livro permanece um importante relato, tanto mais quando se considera que as novas gerações tendem a perder o contato com os sobreviventes do Holocausto. Sua publicação no Brasil possibilita reavivar não propriamente o sofrimento, mas a superação de uma das maiores tragédias do século XX. "Eu quis preservar a história desse grupo para as gerações futuras, porque em seu gênero ela é única", escreveu Ziemian, como a assinalar que este livro não apenas rememora um passado doloroso, mas contém uma mensagem permanente dirigida a todos que virão depois de nós.

Jacob Lebensztayn

* Estrosi, Christian. "Avant-propos". In: Ziemian, Joseph. *Les vendeurs de cigarettes*. Tradução para o francês de Joëlle Perelberg. Nice, Ovadia, 2012.

Introdução

A guerra terminou. De repente senti um vazio em torno de mim. Em toda a minha família, ninguém além de mim se salvou; não me restam nem mesmo túmulos sobre os quais chorar.

Por milagre salvaram-se notícias e anotações da minha atividade no Movimento de Resistência Judaico. Escondi-as na época do Levante de Varsóvia, em 1944. Ao guardá-las, não imaginei que tornaria a encontrá-las, ou que um dia elas teriam alguma utilidade. Porém, quando achei em esconderijos subterrâneos papéis e mais papéis, amarelecidos e pouco legíveis, eles se revelaram a mim como um tesouro secreto. Dessas notícias foram construídos fragmentos da história dos vendedores de cigarros da praça Três Cruzes, detalhes de sua vida, uma série de conversas com eles, tudo acompanhado de minhas observações. Em outro lugar encontrei suas fotografias. Não foi fácil fazer as fotos ou extrair informações dessas crianças "suspeitas"; compreendi muito bem suas desconfianças naquelas circunstâncias.

Pouco a pouco, os vendedores de cigarros retornaram para os escombros de Varsóvia. Foi então que me veio a ideia de narrar sua história, a história de um "bando" de crianças judias durante a ocupação nazista. Eu quis preservá-la para as gerações futuras, porque em seu gênero ela é única. Para isso, encontrei-me algumas vezes com os antigos vendedores de cigarros, comparei suas narrativas com minhas notícias e com vários relatos fidedignos.

Acrescentei a tudo isso minhas lembranças da época em que convivi com eles.

Dessa forma surgiu este livro.

Joseph Ziemian, Varsóvia, Polônia, 1942.

1. O encontro

OUTONO DE 1943

As últimas trocas de tiros com o inimigo haviam cessado há tempos no gueto. Sobraram apenas os restos das casas incendiadas e os muros que contornavam o velho cemitério da comunidade, de quase meio milhão de judeus. Varsóvia estava *Judenrein*, limpa de judeus, suas ruas voltaram à vida normal. Raramente se ouviam as histórias fantásticas sobre grupos de judeus que lutaram contra os alemães; já não se via mais um fugitivo do gueto em cada pessoa que passava na rua como antes. De novo era possível ir a Zoliborz pela rua Bonifraterska. Durante os combates no gueto costumava-se chegar até lá por um desvio, pela rua Zakroczymska. Somente os cartazes alemães que decretavam pena de morte a quem escondesse judeus testemunhavam a existência do gueto destruído. Certo número deles conseguiu fugir provisoriamente da matança. Haviam escapado para o lado ariano e levavam uma vida clandestina: escondiam-se em porões, em ruínas ou na casa de poloneses (por amizade ou por dinheiro).

Todo dia era uma loteria, com a sobrevivência em jogo. Nem o tempo estava do lado deles: as horas se arrastavam impiedosas, às vezes parecia que a desgraça seria eterna. Mas no fundo da alma brilhava uma pequena faísca de esperança: quanto mais próximo se estava da morte, mais forte se lutava pela vida.

Esse foi o primeiro outono depois que entrei para a clandestinidade. Eu tinha um *Kennkarta*, documento de identidade concedido pelas autoridades alemãs, e um *Ausweis*, comprovante de trabalho, falsos, além de uma biografia inventada. Uma história de vida bem arquitetada e memorizada era condição importante para uma conspiração de sucesso. Mesmo se me tirassem de repente do mais profundo sono, eu deveria ser capaz de recitar onde "trabalhava" e quem era meu "pai". Não ter uma família era considerado suspeito. Sugerir a existência de um contato com o Movimento de Resistência Polonês caía bem: naquela época ele gozava de grande respeito entre os poloneses.

Realmente eu tinha contato com o Movimento de Resistência, mas com o judaico, e sobre isso não se podia falar. As condições da dupla conspiração – por causa da ascendência e por pertencer ao Movimento de Resistência – exigiam especial cuidado. Todo passo precisava ser calculado, toda palavra, pensada com exatidão. Com a rapidez de um raio, devia-se avaliar uma pessoa encontrada por acaso. Às vezes, o aspecto do rosto, um gesto ou um detalhe da roupa davam uma pista de quanto cuidado se deveria tomar.

Era necessário usar de artifícios para se evitar um encontro indesejado, ou mesmo um olhar. Por exemplo: limpar o nariz com um lenço, amarrar o cadarço, olhar para a vitrine de uma loja... Pelos reflexos dos vidros, podia-se observar o comportamento dos pedestres sem ser observado. Essa era uma grande escola de psicologia humana. Perder a autoconfiança e a naturalidade nos movimentos poderia significar o fim da vida. Nesse oceano de hostilidade, qualquer passo em falso poderia ser fatal.

Em um dia de outubro, eu andava pela rua Nowy Swiat em direção à avenida Jerozolimskie, 23, 2º portão, 1º andar, onde funcionava a RGO [*Rada Główna Opiekuncza*], Assistência Social Polonesa, onde eu jantava quase todos os dias. Estava atrasado, de modo que me apressei para não encontrar a cozinha fechada.

A rua estava repleta de pessoas. De repente, notei entre a multidão dois rapazinhos: um parecia ter dezesseis anos, o outro, treze. Como através de uma névoa, o rosto do mais velho me parecia o de alguém conhecido do gueto. Logo desconfiei que eram crianças judias sem lar. É impossível, pensei, já se passaram alguns meses desde a destruição total do gueto. Quase todo dia prendiam e executavam judeus que se escondiam no lado ariano. Sobreviver na selva da ocupação exigia energia e sagacidade. Nem judeus adultos suportavam a luta diária pela vida, quanto mais crianças.

Repentinamente, nossos olhos se cruzaram. Foi o suficiente para dissipar qualquer dúvida. Com certeza existe muita verdade no dito de que um judeu reconhece outro a distância. Resolvi aproximar-me deles, mas para estabelecer contato com alguém devia-se tomar muito cuidado e não abrir logo as cartas. Frequentemente, o medo era recíproco: abordar um desconhecido e conseguir sua confiança não eram coisas fáceis. Quando não se tratava de grandes amigos, encontros casuais entre judeus – mesmo conhecidos – acabavam em geral com um rápido diálogo: "Desculpe, eu não o conheço, o senhor deve ter se enganado". Em seguida, cada um ia para um lado, apagando as pegadas. Os perseguidos tinham medo da própria sombra.

As crianças de rua, que tinham apenas a pobre roupa sobre si, não interessavam aos *shmalzers*. Por isso, talvez, elas fossem menos visadas do que os adultos. Ainda assim, elas também deviam tomar cuidado. Quando se aproximavam de alguém, deviam negociar conforme os princípios de vida do lado ariano, tomando cuidado para não serem desmascaradas.

Entrei pelo portão. Por um instante voltei-me e de novo nossos olhares se cruzaram. O gelo se quebrou: parecia que os meninos estavam famintos de calor humano, por isso me seguiram. Entramos quase juntos na cantina da RGO. Sentei-me a uma mesinha, e próximo a mim sentaram-se os garotos. Comiam ali mendigos, pessoas refugiadas de distritos incorporados ao Terceiro Reich, pequenos funcionários públicos, intelectuais empobrecidos etc. Muitos judeus escondidos no lado ariano usavam as cantinas da RGO, espalhadas pela cidade. O principal assunto das conversas era a guerra.

Nesse ambiente desfavorecido, eu me sentia mais seguro. Observava os garotos. O mais velho tinha o rosto redondo, olhos azuis espertos, cabelos castanho-escuros, enfim, tinha aparência ariana. Dava a impressão de ser enérgico e bastante seguro. Vestia-se discretamente: usava uma camisa branca e um agasalho. O mais novo parecia mais semita. Tinha rosto magro, nariz alongado, olhos azul-escuros meigos, e os cabelos lhe caíam sobre a testa. Usava um casaco muito comprido e calças rotas. Seus pés, em tamancos, estavam roxos de frio. Os dois garotos olhavam pela sala. Percebi por sua curiosidade que queriam conversar comigo. Rapidamente terminei de almoçar e deixei a cantina. Com leve balanço de cabeça indiquei-lhes que me seguissem.

No pátio, o mais velho me perguntou:

— Desculpe, o senhor não trabalhava na *placowka* da estação de trem?

— Você trabalhava lá? – devolvi a pergunta.

Ele disse que sim, embora com isso confessasse que era judeu.

— O que o senhor está fazendo aqui? Onde mora? – perguntou de novo. Parecia que o meu silêncio à sua primeira pergunta lhe revelara a minha origem.

Eu estava num impasse: não podia revelar minha "profissão" nem meu endereço. Essa era a primeira regra da vida na clandestinidade.

— Moro em casas destruídas, dou sempre um jeito – respondi com ar preocupado.

Eu queria apresentar minhas condições de vida para que eles

também contassem as suas. Isso talvez pudesse desfazer a estranheza entre nós e também reduzir as chances de eu ser chantageado ou denunciado por eles.

— Se o senhor quiser, pode dormir com a gente, na casa de uma polonesa – disse o garoto.

Quando ouvi essa sugestão, quase perdi a fala. O que tinha acontecido para eu ganhar daquele modo sua simpatia e confiança? Naquela época, era um fenômeno raro que alguém abrisse as próprias cartas.

— Nós somos muitos. Negociamos na praça Três Cruzes – acrescentou o menor. — A gente se ajuda e as coisas estão dando certo.

— Às vezes, os rapazes poloneses nos provocam e pedem para ver nossos documentos. Mas a gente sabe se defender – explicou o mais velho.

Aquilo me pareceu inacreditável. Pensei que essa história fosse produto de uma fantasia juvenil. Ninguém acreditaria. "Quanto de verdade há nisso?", perguntei para mim mesmo.

Conversamos mais alguns minutos. Dei uma desculpa para me esquivar do convite dos garotos e combinei de conversar com eles no dia seguinte, no mesmo lugar.

Fui ao encontro marcado com um dos meus "adotados", como chamávamos os judeus escondidos que recebiam ajuda do nosso movimento, a quem contei que havia encontrado crianças judias sozinhas, sem família. Na época, eu ainda não tinha noção clara da situação dos meninos. Durante o encontro, o meu acompanhante* devia circular perto do alto-falante da avenida Jerozolimskie, na esquina com a Nowy Swiat, e observar o portão da casa 23 da Nowy Swiat. Era um cuidado indispensável naqueles dias. Em caso de algum perigo, ele devia me avisar com um assobio.

* S. Leizerowicz – morto durante o Levante de Varsóvia em 1944. [N.A.]

O mais velho dos rapazes já estava próximo ao portão e, atravessando o pátio, foi até as escadas de uma oficina ao lado.

— Quem era o sujeito falando com o senhor na rua? – perguntou o rapaz, em vez de me cumprimentar. Percebi que havia sido observado. — Talvez fosse um *shmalzer* – acrescentou em seguida.

— Não, ele apenas me perguntou sobre uma rua – respondi e, para mudar de assunto, perguntei: — Onde está o seu amigo?

— Ele vem logo, está no primeiro andar observando – esclareceu tranquilo. — O senhor sabe, às vezes sem querer a gente atrai *shmalzers*, eles gostam de farejar todo mundo.

Sua sinceridade desfez todas as minhas suspeitas e dúvidas. Ela demonstrava que os meninos eram cautelosos e sabiam as regras. Instantes depois, apareceu o outro menino.

— Como vai o senhor? Onde dormiu à noite? De que o senhor vive? Alguém de sua família se salvou do gueto? – Os garotos me cercaram de perguntas. Respondi algumas, mas tive que me esquivar de outras.

— Infelizmente ninguém da minha família se salvou.

— Nós também ficamos sozinhos – responderam eles.

Os meninos sentiram em mim uma alma irmã. Nada une tanto as pessoas quanto o sofrimento comum.

— Touro, alguém vem vindo! – sussurrou o mais novo.

Minutos depois ouvimos passos embaixo. O que seria? Prendemos a respiração e ficamos atentos. Os passos se aproximaram, uma porta se abriu e depois se fechou com estrondo. Alguém entrou num quarto e novamente fez-se silêncio. O perigo tinha passado.

— Por que Touro? – perguntei ao mais velho.

— Me chamam assim na praça, quase todos têm apelidos. A ele chamam de Napa, o senhor não reparou no nariz grande que ele tem?

Touro e eu rimos muito, o menino mais novo se ofendeu.

— Ele leva tudo a sério – disse Touro.

— Vocês são muitos na praça? – perguntei ao Napa, para ver se ele se descontraía um pouco.

— Uns dez. Vendemos cigarros e estamos sempre juntos. Somos duros na queda.

— O negócio vai bem, venha com a gente, o senhor vai ver – acrescentou Touro. Sob a cabeleira espessa, seus olhos brilhavam alegres e confiantes. O convite era tentador. Confesso que na época não acreditei na existência de um grupo organizado de crianças judias no coração do bairro alemão de Varsóvia, de modo que resolvi segui-los para conferir.

Saímos para a rua. Touro foi na frente, alguns passos atrás Napa e eu, para não chamar a atenção. Passamos pela avenida Jerozolimskie. Perto do alto-falante que transmitia notícias do front, havia uma multidão. Paramos por um instante. Todos esperavam novidades sobre o recuo dos alemães, e nós prendíamos a respiração enquanto escutávamos.

— Estão preparando a evacuação... – disse um jovem dando uma cutucada no vizinho. Um piscar de olhos e um leve sorriso bastaram como resposta.

Após um rápido combate, nosso contato com o inimigo foi interrompido.

Os ouvintes se entreolharam. Ouviu-se um murmúrio de frases curtas e insultos.

Seguimos adiante. Na rua Nowy Swiat, 5, passamos pelo restaurante Quatro Estações, um lugar *Nur für Deutsche*, só para alemães. Pelas portas abertas, ouviam-se vozes de soldados. Como Touro me informou, ali ficava o ponto comercial de Napa.

Por fim chegamos à praça Três Cruzes.

Mapa da praça Três Cruzes e arredores

1. Cantina comunitária da RGO
2. Restaurante Quatro Estações
3. Igreja Santo Alexander
4. Ponto dos condutores de bonde
5. Instituto para Surdos-mudos
6. Estande do fotógrafo
7. Cine Apolo
8. Quartel dos soldados alemães
9. Ponto de passagem dos soldados húngaros
10. Quartel da SS
11. Comando da polícia alemã
12. Teatro Novo
13. Loja Julius Meinl
14. Casa da Tia
15. Cantina comunitária da RGO

A praça Três Cruzes antes da guerra.

2. A praça Três Cruzes

Na praça ouviam-se as vozes dos condutores dos bondes, que tinham ali seu ponto final. Jornaleiros e vendedores de cigarros anunciavam aos gritos suas mercadorias. Gritos dos soldados alemães recordavam que a cidade ainda estava ocupada. Bondes com o número zero – *Nur für Deutsche* – passavam em direção à avenida Ujazdowskie. A praça Três Cruzes, que antes da guerra era um dos lugares mais agitados do centro de Varsóvia, encontrava-se agora no coração do distrito alemão. Na sua esquina com a rua Hoza, ficava o armazém Julius Meinl, também reservado exclusivamente a alemães. Na rua Wiejska, no prédio do antigo Parlamento, localizava-se o comando da polícia alemã. Os poloneses em geral preferiam evitar a praça. Só a igreja Santo Alexander, no meio dela, permanecia um ponto de referência para a comunidade polonesa.

Uma divisão da SS, cujos cantos ecoavam ao redor, marchava no centro da praça. Do antigo colégio Santa Jadwiga, onde agora funcionava o quartel alemão, vinham sons de música. Meninos com maços de cigarros passaram correndo em frente ao prédio. Dois garotos estavam brigando, nem perceberam que havíamos chegado. Napa assobiou e logo acabou com a briga. Touro acenou para os garotos, que disciplinadamente se aproximaram de nós. Olharam para mim desconfiados.

— Eles são dos nossos, vieram de Saska Kepa – Touro me informou em voz baixa.

Estudei-os atentamente. Um deles, Jankiel, parecia ter dez anos (na verdade, ele tinha treze). Tinha rosto oval, olhos risonhos, e seu nariz, assim como a ponta de seu boné de ciclista, erguia-se com insolência. Seus dentes salientes explicavam o apelido: Dentinho. Usava calças rotas, que pareciam penduradas sobre seus joelhos, e estava descalço. O outro, Zbyszek, tinha aparência tipicamente ariana, olhar e linguagem de valentão, que pude ouvir a distância. Parecia um típico vagabundo. Por debaixo da camisa aberta e suja via-se sua pele cheia de espinhas. Nos pés, usava tamancos gastos. Confesso que não acreditei muito em sua ascendência judaica, mas não havia tempo nem possibilidade de perguntar aos garotos. Rapidamente, o grupo de vendedores cercou um militar alemão que se aproximava. Todos queriam vender-lhe cigarros ou trocá-los por carne em conserva ou sardinhas.

Num jardim, soldados alemães posavam para fotos em frente a um painel com uma paisagem pintada, para terem uma "lembrança de Varsóvia". O fotógrafo polonês estava com bastante serviço, mas assim que os alemães foram embora, os pequenos vendedores de cigarros tomaram o lugar deles, fazendo poses diante da máquina fotográfica.

Fomos em frente. O antigo prédio onde se registravam as apostas das corridas de cavalos, na esquina da rua Prus com a praça Três Cruzes, era o ponto de passagem dos soldados húngaros, que colaboravam com os alemães. Na entrada do edifício havia dois leões de pedra: em um deles estava encostado um garoto de aproximadamente catorze anos, um maço de cigarros numa mão, a outra apoiada sobre a cabeça do leão. Notando Touro, o menino sorriu, cúmplice. No seu comportamento transparecia que ele também era judeu.

— Esse é o Francês, de Paris. Os pais dele foram deportados pelos alemães para Varsóvia porque são de nacionalidade polonesa. Estivemos no mesmo transporte para fora do gueto. Mais tarde, eu o encontrei em Praga* – explicou Touro. — Ele está meio por fora, ainda não entendeu bem o que está acontecendo.

Perto, alguns garotos circulavam entre um grupo de húngaros. Usando sinais para se comunicar, negociavam com o que podiam. Touro chamou minha atenção para um deles. Era Pawel, amigo de Zbyszek e Dentinho. De sob o boné, que quase lhe cobria os olhos, aparecia um rosto alongado e pálido. A roupa, como a dos outros meninos, estava rasgada e suja. Parecia ter quinze anos. Se não fosse a informação de Touro, eu certamente não reconheceria sua ascendência.

Os garotos se empurravam, cada um queria pegar um freguês, entendiam-se com os húngaros por meio de gestos. Pawel se comportava como os demais, não largava os clientes. Tudo para não despertar suspeitas.

Nos preparávamos para ir ali perto, na rua Konopnicka, onde os SS moravam no prédio da Associação Cristã de Moços. Lá, explicaram-me depois, era o ponto comercial de Burek, um menino de doze anos que tinha o apelido de Camponês, pois durante alguns meses ele havia trabalhado como pastor no campo. Depois de ficar sem trabalho, voltara para Varsóvia, onde perambulava pelas ruas. Um dos vendedores de cigarros o reconhecera e o trouxera para o grupo. Os garotos lhe emprestaram dinheiro para os primeiros cigarros e agora Camponês já negociava por conta própria.

De repente, Touro desapareceu. Instantes depois, eu o vi entre os húngaros concluindo uma venda. Em seguida, retornamos à praça. O cine Apolo, antes Napoleão, também era *nur für Deutsche*. Lá encontramos mais um vendedor de cigarro. Magro e esfarrapado, tinha nove anos. Apesar dos cabelos louros e olhos azuis, não havia dúvidas de sua origem: o olhar amedrontado e o nariz

* Distrito do subúrbio de Varsóvia. [N.T.]

semita o denunciavam. Estava parado junto a um muro e se esforçava para não atrair a atenção dos pedestres. Sob o braço direito tinha alguns pacotes de cigarro.

O Pequeno Stasiek, como o chamavam, ajudava os vendedores segurando para eles as reservas de cigarros, era seu estoque ambulante. Touro me deu informações sobre o menino. Tinha pais ricos, que quiseram salvar o filho dando-o para conhecidos poloneses. Depois que seus pais morreram no gueto, Stasiek perambulou de uma família a outra, porque com sua aparência era impossível ficar por muito tempo numa mesma casa. Por fim, encontrou casualmente o grupo de vendedores de cigarros da praça.

— No começo a gente teve problemas com ele – falou Touro. — Os rapazes poloneses que negociam na praça partiam para cima dele para tomar os cigarros. Mas os garotos judeus mais velhos pegavam a mercadoria de volta à força.

Perto do portão de entrada do Instituto para Surdos-mudos vimos uma briga feia entre dois vendedores. A menina, de quinze anos, usava um vestido rasgado e um suéter sujo. Os cabelos loiros lisos caíam-lhe sobre os ombros. Na testa, sobre a vista esquerda, tinha uma cicatriz grande. Chamavam-na Teresa. O garoto, Yosek, de treze anos, possuía aparência semita: olhos escuros e cabelos negros encaracolados. Tinha roupas rasgadas e parecia cansado. Mancava de uma perna e por isso o chamavam Coxo. Eles eram os fundadores do "bando".

— Aquele cliente era meu – gritava Teresa.

— Era meu – teimava Coxo.

Touro correu para perto deles, segredando algo. Aquietaram-se.

— A menina também é das nossas? – perguntei a Touro.

A resposta foi positiva. Olhei em volta. Nesse momento passaram por nós mais dois rapazes com maços de cigarros nas mãos.

— E esses aí?

— O descalço é um dos nossos. Zenek, irmão de Pawel. O outro é polonês.

Olhei e não acreditei nos meus próprios olhos. As histórias que Touro e Napa haviam me contado na véspera (fantásticas, a meu ver), sobre um grupo de crianças judias que vendiam cigarros na praça Três Cruzes, pareciam agora um pálido reflexo da realidade. O que eu estava vendo superava qualquer fantasia.

— E ainda tem mais gente. Cada um em um ponto – acrescentou Touro com orgulho.

Quando Touro se despediu e foi cuidar dos negócios, continuei passeando por ali para observar de perto os garotos. Num canteiro no meio da praça, vi alguns meninos brigando. O chefe deles era um garoto de treze anos. Eu o reconheci: era Zenek. Tinha o rosto oval, olhos escuros penetrantes, cabelos negros, que lhe caíam na testa, e movimentos ousados. Vestia uma camisa suja, cuja cor era impossível determinar, e calças curtas, que iam até os joelhos. Chamei-o e ele mediu-me com um olhar cortante. Logo em seguida rodearam-me três garotos curiosos.

— Vocês trabalham aqui faz tempo? – perguntei.

— Olha que horas são – um empurrou o outro e mostrou o relógio grande da fachada do Instituto para Surdos-mudos. — A gente já devia estar em Saska.

Entendi que os meninos estavam com medo de falar comigo.

No dia seguinte, voltei bem cedo à praça Três Cruzes. Como na véspera, ouvi os mesmos gritos dos vendedores, alguns anunciavam jornais, outros, cigarros. Zenek e Dentinho se aproximaram de um pedestre.

— Cigarros egípcios, senhor? Quantos, quantos, senhor? Estes são originais, um maço por apenas trinta *zlotes* – Zenek elogiava sua mercadoria.

— Muito caro. Aquele ali – apontou para Dentinho – está pedindo vinte e cinco.

— Vinte e cinco? Senhor, por esse preço o senhor comprará cigarros falsificados, não valem nem vinte.

De longe eu ouvia a concorrência. Os meninos comerciavam como podiam. Fui em direção ao Instituto para Surdos-mudos. Teresa estava encostada no portão de ferro. Perto dela, circulava Coxo.

— Quais você tem? – perguntou um pedestre.

— Caseiros, Gaivota, egípcios, de todos os tipos – respondeu rapidamente a garota.

O cliente examinava um dos maços.

— Estes são falsificados. Você tem algum dos bons? – ele disse em voz baixa.

— Os mais baratos são falsificados. Que tal este?

O freguês examinou-o, cheirando os cigarros.

— Viu? Estes são os cigarros do governo. Eu sou um expert. – E guardou o maço no bolso. — Quanto?

— Trinta.

— Nossa, que caro!

— Não dá para fazer mais barato. Se o senhor quer o melhor produto, é o preço.

O cliente pagou e afastou-se. Teresa soprou na mão para dar sorte e guardou o dinheiro no bolso. Contente, Coxo deu uma piscada para ela.

— Peguei um trouxa – riu a garota. — Se ele é tolo, que pague. Pena que não pedi trinta e cinco. Aqueles lá pedem – e indicou os vendedores poloneses.

— Toma cuidado, o homem ainda pode voltar – alertou Coxo.

Prestei atenção à conversa dos dois e, para facilitar a aproximação, comprei alguns cigarros.

— Vocês não estão com frio, assim sem casaco?

— A gente está é com calor – respondeu Coxo, e os dois se entreolharam.

— Que idade você tem? – perguntei ao menino.

Ele me olhou de cima a baixo, depois para todos os lados. Parece que minha pergunta despertou sua desconfiança. O silêncio se rompeu com a pergunta incisiva da garota:

— E o que isso interessa ao senhor?

Com isso a conversa terminou. Touro, que acabara de chegar, salvou-me daquela situação constrangedora

— Então eles não querem conversar com o senhor? – perguntou com um sorriso irônico. E voltando-se para Coxo disse: — Não tenha medo, ele é dos nossos.

Pronto, o gelo estava quebrado. Conversamos alguns minutos até que Napa apareceu correndo.

— Vejam só, ele voltou para cá – disse a Coxo indicando um menino menor, que se aproximou. Era Bolus, o mascote do grupo. Bolus tinha apenas sete anos. De sob uma pelerine de mulher, amarrada com um cordão, aparecia uma camisa rasgada, e a calça, grande demais para ele, estava presa por um alfinete de fralda. Sob o boné amassado viam-se seus cabelos escuros e despenteados. Usava tamancos de madeira partidos, que deixavam à mostra os dedos enregelados. O rosto gracioso e os olhos vivos despertavam simpatia e pena. Inquieto, ele olhava em torno da praça. Assim que Touro notou Bolus, foi em sua direção. Mas dois rapazes poloneses, que pareciam ter entre doze e catorze anos, se precipitaram na direção do pequeno, barrando-lhe o caminho:

— Judeuzinho, passa o dinheiro! – um gritou e o outro empurrou o menino.

Bolus recuou. Foi quando Touro se intrometeu. Com toda a força, empurrou um e ameaçou o outro.

— Protetor de judeus! Aposto que você também é um! – gritavam os rapazes poloneses enquanto fugiam. Touro parecia preocupado.

— Vai embora! Não quero te ver mais aqui! À noite nos encontramos na casa da Vovó – ordenou rápido a Bolus, que chorava.

Coxo notou meu espanto. Explicou-me que a presença de Bolus na praça era um risco não só para ele mesmo como para os outros meninos, porque já corria à boca pequena que ele era judeu.

O incidente com Bolus me fez perceber o risco que os vendedores de cigarros corriam. Resolvi estabelecer um contato maior com eles e ajudá-los no que fosse possível. Tornei-me uma visita mais frequente na praça e pouco a pouco conheci todos eles. Mas só com muito esforço consegui fazê-los falar sobre o passado.

No começo, os garotos eram extremamente desconfiados. Respondiam contrariados e resistiam muito a que eu fizesse anotações sobre suas histórias. Minhas visitas diárias à praça provocaram vários comentários. Como soube depois, eu havia sido o tema de uma reunião na casa da Vovó, uma velha senhora polonesa que lhes dava abrigo na rua Krucza. Como eu não era da idade deles, era difícil que me deixassem compartilhar seus segredos. Eu havia aparecido do nada, não precisava de ajuda, parecia um enxerido que os bombardeava de perguntas.

— Esse novato é um tipo suspeito – disse Teresa.

— Ele vai de um para o outro, quer saber de todo mundo, faz perguntas sobre a história de cada um. Por que ele se interessa por tudo? – perguntou Zenek, expressando as dúvidas de todos.

— Será que ele não quer nos entregar? – falou alguém.

Por sorte eu ganhara a confiança de Touro, que tinha autoridade entre eles. Bastou ele dizer: "Não tenham medo, ele é um dos nossos, eu tenho bom faro!" e as suspeitas acabaram, especialmente quando Napa concordou com Touro.

A partir de então, fui bem recebido na praça. Esse grupo de crianças judias, vagando debaixo do nariz de milhares de policiais, guardas, homens da Gestapo e espiões, era um fenômeno inexplicado e inexplicável, não menos misterioso por ser real.

Da esquerda para a direita, ao fundo: Dentinho e Zbyszek.
Em primeiro plano: Francês, Camponês e Napa.

Zbyszek e Camponês. A legenda do cartão diz: "Lembrança de Varsóvia, 1944".

3. A mão fraterna

Uma noite, dias depois, o Comitê Nacional Judaico* reuniu-se na rua 6 de Agosto, hoje rua Nowowiejska, nº 58. Sentamo-nos a uma mesa onde havia café e bolachas, para parecer uma festa e evitar suspeitas. Estavam presentes: Michal (dr. Adolfo Berman), Basia (Barbara Temkin-Bermanowa), Bogusia (Klima Fuswerk-Krymko), Czeslawa (Lotta Wegmeister), Wanda (Bela Elster Rotemberg), Stasia (Helena Merenholtz) e eu, Jozio. Falávamos muito baixo e de hora em hora, através da cortina, observávamos a rua.

Após alguns esclarecimentos de Michal, cada um relatou suas atividades nos últimos meses e fez um balanço da ajuda material. Em seguida, discutimos detalhes dos planos futuros e a distribuição de fundos de auxílio permanente. O dinheiro era distribuído a judeus escondidos por meio de intermediários – judeus e poloneses –, cada qual responsável por um determinado número de pessoas.

Cada judeu escondido recebia quinhentos *zlotes* mensais, quantia suficiente para uma subsistência razoável. Mas havia casos em

* Além da atividade política, o Movimento de Resistência Judaico em Varsóvia fazia publicações, reunia documentos em casas destruídas e ajudava os judeus nos campos de concentração. Também auxiliava os escondidos no lado ariano com documentos falsos e esconderijos. Essa organização estava em constante contato com o Movimento de Resistência Polonês. [N.T.]

que se dava um auxílio maior: às pessoas que precisavam pagar mais para se esconder ou que precisavam comprar o silêncio dos *shmalzers*. Aqueles considerados de especial valor para a comunidade, como intelectuais, cientistas, artistas e sobreviventes ou combatentes do levante do gueto, também recebiam uma ajuda material maior.

Frequentemente a distribuição dos fundos rendia sérias discussões. Cada um dos presentes tinha pessoas sob seu amparo. Sob os cuidados de Stasia, Bogusia e Czeslawa estavam intelectuais, entre eles, nomes bem conhecidos. Basia, braço direito de Michal, e Wanda tinham sob sua proteção diversas personalidades públicas. As pessoas sob minha responsabilidade em geral não eram famosas. Em sua maioria, eram jovens intelectuais, artesãos ou gente do povo, que eu encontrara por acaso. Muitos não tinham moradia certa. Depois de fugirem do gueto, refugiaram-se no lado ariano em ruínas ou no campo. Essas pessoas tinham necessidades específicas, de modo que sob meus cuidados eu tinha um grande número de "casos especiais" – como dizia Basia.

Depois de terminadas as discussões previstas, contei sobre minha descoberta: os vendedores de cigarros da praça Três Cruzes. Era um acontecimento fora do comum, que surpreendeu a todos os presentes, pois todas as crianças que protegíamos se escondiam na casa de algum parente ou de amigos da família. Era a primeira vez que ouvíamos falar de crianças que sobreviviam sozinhas, sem nenhuma ajuda.

O plano para estabelecer contato com elas devia ser cuidadosamente examinado. Precisávamos decidir a melhor tática para abordá-las e como cuidar delas. Na discussão apareceram duas opiniões: uns achavam necessário tirar as crianças judias da praça e abrigá-las em esconderijos, o que não seria nada fácil. Outros recomendavam cuidado. Primeiro, era preciso ganhar aos poucos a sua confiança e amizade, ocultando-lhes o fato de que existia uma organização judaica subterrânea. Afinal, se por um lado a notícia da existência de tal organização poderia encorajá-las e aumentar sua energia na luta pela vida, por outro, seria um risco para elas, assim como para nós. No fim, prevaleceu o segundo ponto de vista, de que as crianças deveriam continuar na praça Três Cruzes porque o trabalho delas, além de sua conduta, mascarava bem a sua ascendência. O maior risco eram os rapazes poloneses, que poderiam levantar suspeitas sobre uma ou outra criança. Nesse caso, tiraríamos imediatamente da praça tal criança e a alojaríamos numa casa polonesa.

Todos concordaram que devíamos providenciar documentos falsos para os meninos, sem, é claro, revelar a eles a existência de uma "fábrica" desses documentos. Além disso, resolvemos ajudá-los com dinheiro e roupas, mas a ajuda recebida não deveria influir na sua aparência nem no seu comportamento. Tal mudança poderia despertar suspeita entre os poloneses e era preciso agir com cautela. Ofereci-me para cuidar deles, e todos concordaram.

No dia seguinte, fui para o meu "escritório" numa pequena mercearia, no nº 5 da rua Sedziowska. A dona, Eva Broska, beirava os sessenta anos. Lúcida, cheia de humor e energia, tinha o coração aberto para os infortúnios humanos. Ela ajudava os judeus de várias formas: alimentava crianças, escondia fugitivos das *placowkas* (as fábricas alemãs onde os judeus trabalhavam), guardava publicações judaicas clandestinas, documentos falsos, instrumentos para imprimir e outros materiais comprometedores. A loja de Eva Broska era um importante ponto de contato para o Movimento de Resistência Judaico. Lá se deixava a correspondência e se combinavam encontros. Era na lojinha também que eu atendia parte de meus "clientes" e conversava com os outros na cidade.

Quando soube do grupo de crianças judias da praça Três Cruzes, Eva ficou tão contente que parecia ter encontrado alguém da família. Ela queria saber todos os detalhes e ofereceu ajuda. Depois de resolver os assuntos do "escritório", fui ao encontro de Touro, que já estava me esperando. Não longe dele, vi Napa. Sentamo-nos os três nas escadas de uma oficina.

— Imaginem que fiz contato com uma polonesa da "organização" – disse, antes de cumprimentar os garotos. — Por meio dela talvez consiga documentos para vocês.

Touro pulou de alegria. O maior sonho dos vendedores de cigarros era conseguir documentos falsos. Apenas alguns tinham certidão de nascimento, os outros não possuíam nada. Isso, é claro, aumentava o risco de um incidente.

— Enquanto isso, aqui estão quinhentos *zlotes* para vocês comprarem cigarros – eu disse, tirando o dinheiro do bolso.

Os garotos recusaram categoricamente. Pensei que tivessem achado a quantia muito pequena e insisti:

— Peguem, vou tentar conseguir mais amanhã.

Mas eles continuaram:

— Não precisamos de dinheiro – declarou Touro. — Se querem nos ajudar, tirem da praça o nosso pequeno, o Bolus. Por causa dele podemos todos "cair" – explicou enquanto Napa concordava com a cabeça.

Prometi aos garotos que passaria o pedido deles à "polonesa". Despedimo-nos e fui embora. Quase perto do portão, vi o Coxo. Ao olhar para ele, vi diante de mim a imagem de centenas, milhares de crianças mendigas e sem lar no gueto, pedindo esmolas e traficando para sustentar suas famílias. Quando o gueto foi desfeito, apenas algumas haviam conseguido escapar da morte. Coxo era uma dessas crianças.

4. Os pequenos traficantes

Antes da guerra, os pais do Coxo não viviam mal. Seu pai ganhava bem e sua mãe se ocupava da casa, que era limpa e confortável. Os seis filhos iam à escola. Toda sexta-feira era tradicionalmente servido peixe à mesa.

Quando os alemães ocuparam Varsóvia e fecharam o gueto, o pai de Coxo perdeu sua loja, única forma de sustento da família, e logo as condições mudaram drasticamente.

— Mamãe, eu vou para o lado ariano e vou trazer pão – disse Coxo, que tinha então doze anos.

— Não, enquanto meus olhos estiverem abertos, não permitirei que um filho meu vá pedir esmolas. Mesmo que eu morra de fome – respondeu a mãe.

Ela possuía uma máquina de costura que usava às vezes. Conseguira clientela polonesa entre aqueles que tinham autorização de entrar no gueto. Pagavam pelo serviço com um pão ou com um pouco de batatas. Em casa, o pai vendia vários objetos e com o dinheiro conseguia comprar um pouco de banha ou um pedaço de carne de cavalo. Mas tudo que se podia vender foi acabando e vieram os dias de fome.

— Mamãe, deixe-me ir para o lado ariano, vou trazer batatas – pediu Coxo outra vez.

— Não, não vou deixar você arriscar a vida – disse a mãe.

A miséria penetrou de todos os lados, o frio entrava na casa vazia. As crianças perambulavam pelo pátio, a irmãzinha, de seis anos, chorava noite e dia de fome.

— Falta pouco, logo logo a guerra vai acabar – o pai vivia repetindo.

Mas ele perdia força a cada dia. Os ossos de seu rosto iam ficando mais salientes, seus braços e pernas estavam cada vez mais fracos. Quando Coxo pediu novamente permissão para ir ao lado ariano, ninguém respondeu.

O menino entendeu. Pediu alguns *zlotes* ao pai e no dia seguinte, bem cedo, saiu de casa. O gueto estava cheio de gente que se apressava para o trabalho ali dentro ou nas *placowkas* alemãs, "do outro lado".

Os olhos escuros de Coxo e seus cabelos negros, os pés descalços, roxos de frio, o casaco rasgado, com bolsos costurados para trazer as batatas – tudo isso não deixava dúvidas de sua ascendência. Como forma de superar essas desvantagens, ele podia contar apenas com sua sagacidade e vontade feroz de ajudar a família faminta.

Antes de mais nada, era preciso sair do gueto. Coxo se dirigiu ao portão, na rua Leszno, esquina com a Zelazna. Um grupo de operários que ia para o trabalho nas *placowkas* esperava pela vistoria na fila. O menino se meteu entre eles e passou para o lado ariano. Na primeira padaria que encontrou, comprou dois pães com o dinheiro que o pai lhe dera. Tornou a entrar no gueto da forma como saiu. Assim que atravessou a "fronteira", mãos se estenderam para ele com dinheiro. Coxo vendeu um pão por catorze *zlotes* e voltou para casa com o outro. Seus pais estavam deitados sem forças. Entregou ao pai o dinheiro e pôs o pão sobre a mesa. Sua mãe deu-lhe um beijo e caiu em prantos.

No dia seguinte pela manhã, Coxo passou novamente para o lado ariano em busca de pão. Alguns dias depois, conseguiu voltar para casa com um saco de batatas, trazendo pão sob o braço, assim como outras crianças vinham fazendo.

A excursão tornou-se rotineira. Normalmente ele saía pelo posto de controle, embora às vezes conseguisse se esgueirar por uma fenda no muro. Do lado ariano, às vezes acontecia de *schmalzers* tomarem-lhe o dinheiro à força. Em mais de uma ocasião, levaram-lhe a comida, mas enfim ele aprendeu a regatear e a se safar dos chantagistas.

— Meu querido filho, nosso salvador – abençoava sua mãe a cada dia.

As irmãzinhas tornaram a brincar no pátio. Pela primeira vez em meses, a mãe teve forças para lavar o assoalho. No jantar, a única refeição com comida quente, Coxo ocupava o lugar de honra, numa poltrona à cabeceira da mesa.

Um dia, no início do inverno de 1941-42, Coxo chegou em casa com batatas, mas tinha o rosto ardendo e seus olhos brilhavam de febre. O tifo derrubou o mantenedor da família, que teve de ir para o hospital. Dois dias depois, ficaram doentes sua mãe e uma das irmãs. Em casa restaram o pai com quatro filhos. Duas semanas depois, a mãe morreu. Coxo e a irmã se recuperaram, mas voltaram para casa abatidos e fracos. De regresso, encontraram o pai e o irmão mais velho estirados no chão, sem comer há dias, pois levavam toda a comida que tinham para o hospital. Foi impossível salvá-los.

A fome e a doença dominavam o gueto. O aviso dizendo FEBRE TIFOIDE, PROIBIDO ENTRAR! era visto em quase todas as portas. A fronteira entre vida e morte se desfez numa longa agonia. A cada passo, via-se uma pessoa estendida na rua, na neve. Alguns ainda pediam um pedaço de pão, outros estavam inertes e em silêncio, os olhos mortiços, as mãos e os pés inchados, um líquido fétido escorrendo de suas feridas infeccionadas. Embora ainda houvesse um sopro de vida, os corpos começavam a apodrecer. Os cadáveres eram cobertos com jornal, as páginas impressas marcando o avanço da morte. Como o cemitério transbordava, os alemães passaram a usar um estádio de esportes vizinho para levar o número cada vez maior de mortos – eram quase trezentos por dia. O cemitério crescia à medida que o gueto encolhia.

As ruas estavam inundadas de lama devido à neve derretida. Nos pátios acumulavam-se montes de lixo. Quase todo dia, o abastecimento de água falhava. Doenças de vários tipos, especialmente o tifo, espalhavam-se com uma rapidez incrível. Em pouco tempo os hospitais estavam lotados.

Coxo e as irmãs estavam aos poucos definhando. Mais pareciam esqueletos vestidos do que seres vivos. Se não tivessem reunido as últimas forças que tinham e se arrastado para fora do gueto por uma brecha no muro, teriam morrido ali mesmo. Na escuridão, encontraram um buraco pelo qual passava a água dos esgotos e por ali chegaram ao lado ariano.

Patrulhas alemãs vasculhavam o distrito, mas as crianças eram indiferentes ao perigo: para elas, a morte era um jogo a ser encarado diariamente. Assim eles se arrastaram até a praça Kercelak e adormeceram entre as barracas de um mercado. De manhã, ao acordar, viram uma senhora idosa, que lhes deu um pouco de café quente e um pedaço de pão. As crianças mal conseguiam engolir alguma coisa. Pedestres se compadeceram e lhes deram dinheiro e comida. À noite, os três voltaram ao gueto com pedaços de pão.

No dia seguinte, partiram de novo. Dessa vez, andaram de casa em casa. Uns davam moedas, outros, pedaços de pão e um pouco de sopa quente. Havia casas em que não lhes davam nada e ainda os enxotavam com gritos: "Saiam daqui, judeus!". Eles davam de ombros e continuavam andando, talvez em outras casas fossem mais bem recebidos. Todos os dias, passavam pela rua Marszalkowska, onde ficavam sentados perto de um portão comendo uma parte do pão que haviam conseguido. Em seguida, voltavam ao "trabalho".

A cada dia sentiam menos medo, conforme aprendiam a evitar o perigo. Tornaram-se amigos de outras crianças judias que também levavam alimentos para o gueto. Quando percebiam que andar em três poderia ser perigoso, eles se separavam ao cruzar o gueto. À noite tornavam a se encontrar perto do muro, onde a irmã mais velha vigiava, enquanto eles entravam.

Certa vez, quando voltava para casa, Coxo foi reconhecido por um soldado alemão, que lhe deu uma coronhada na cabeça com o fuzil. O menino caiu inconsciente, o rosto coberto de sangue. Quando voltou a si, já estava no gueto. Fora levado para o hospital na carroça de um judeu. Fizeram-lhe uma bandagem na cabeça e o levaram para casa, pois no hospital não havia vagas.

As irmãs de Coxo continuavam suas incursões diárias ao lado ariano. Uma vez elas entraram na casa nº 16 da rua Krucza para tomar a sopa que haviam recebido de uma senhora polonesa. De repente, apareceu a zeladora, uma mulher de sessenta anos, de cabelos acinzentados, com uma vassoura na mão e um molho de chaves que tilintavam amarrado à cintura. Parecia uma bruxa! As meninas se assustaram, deixaram o prato com sopa perto do portão e fugiram.

— Não tenham medo, meninas, não vou fazer nenhum mal a vocês – gritou a velha, correndo atrás delas. — Peguem a sopa e entrem em casa, vão comer à mesa.

As irmãs de Coxo entraram na casa da zeladora. As paredes do quarto tinham teias de aranha, o assoalho era escuro de tão sujo. Sob uma pequena janela havia uma mesinha coberta com uma toalha limpa. Sobre a mesa estava uma imagem da Virgem Maria e um vaso de flores de papel. Em cima de um móvel coberto de panos, brincavam coelhos, criados pela filha da zeladora. As meninas sentaram-se à mesa e tomaram a sopa. Depois de agradecerem a mulher pela hospitalidade, rapidamente esquivaram-se e partiram.

Alguns dias depois, as meninas foram surpreendidas por uma tempestade e ficaram encharcadas, tremendo de frio. Arrastando-se pela cidade à procura de um lugar onde se abrigar, tiveram a ideia de voltar à casa da zeladora da rua Krucza. A velha as fez entrar e, como a chuva não parava, ficaram até o anoitecer.

— Onde vocês moram? – perguntou a zeladora.

— Moramos longe, na Pelcowisna – responderam as meninas com voz trêmula.

— Então passem a noite em minha casa.

A velha pegou uma escada, e as levou ao sótão. Elas estavam tão felizes de haver encontrado um abrigo que deram à zeladora alguns *zlotes*. A mulher contou o dinheiro com surpresa e disse:

— Se chover e vocês não tiverem onde se abrigar, venham aqui.

Desde então, quando elas não conseguiam voltar ao gueto, iam à casa da Vovó, na rua Krucza.

Assim foi até 22 de julho de 1942. Nesse dia, o gueto de Varsóvia foi condenado à morte. Cartazes advertiam que os "judeus improdutivos" seriam deslocados para o leste.

No primeiro dia, tiraram da rua os mendigos. Depois foi a vez dos refugiados, que moravam em pontos especiais, assim como as crianças dos internatos e orfanatos. Nos primeiros transportes estavam muitos dos pequenos traficantes que os alemães prenderam perto dos muros. Milhares de judeus eram transladados diariamente para o *Umshlagplatz*, onde esperavam para ser enviados para o campo de Treblinka.

Uma das irmãs de Coxo, Basia, de doze anos, estava no lado ariano nesse dia. Coxo também conseguiu fugir do gueto. Toda tarde, quando os alemães interrompiam o bloqueio, ele se aproximava da cerca de arame na rua Zelazna e com cuidado jogava pão para as irmãs que estavam no gueto. Elas não podiam sair de lá e se escondiam em porões ou nos sótãos, sempre fugindo dos policiais. Afinal, elas se cansaram e resolveram apresentar-se aos vagões para o *Umshlagplatz*. No início, muitas pessoas, não aguentando mais a fome, se rendiam. Quem fazia isso voluntariamente recebia para comer na viagem três pães e uma porção de geleia... Não sabiam o que isso significava: que seriam exterminadas.

Dessa forma, Coxo e Basia ficaram sozinhos no lado ariano. Durante muitos dias, arrastaram-se pela cidade. Pessoas generosas lhes davam alguma coisa para comer, às vezes também umas moedas. O pior era dormir. Passavam a noite em casas destruídas ou em sótãos. De tempos em tempos, eles iam à casa da Vovó na rua Krucza. Mas não era bom dormir sempre no mesmo lugar: alguém podia reparar e avisar a polícia.

Por causa do frio e da umidade nos porões e sótãos, Coxo teve um ataque de reumatismo numa das pernas e foi assim que ele começou a mancar.

Certa vez, Basia e Coxo encontraram na rua outro garoto judeu, que conheciam do gueto, da época em que traficavam. Era o Napa, de apenas treze anos. Os meninos se cumprimentaram com sentimentos confusos: temiam uma denúncia, mas a solidão era mais forte que o medo. Começaram a conversar, a falar sobre os acontecimentos, sobre a morte dos familiares. Os pais de Napa e duas outras pessoas de sua família haviam morrido de fome. Eles decidiram ir juntos à caça de comida.

Sua primeira experiência os levou até a porta de um restaurante na rua Widok. A cozinheira lhes deu pratos de sopa quente, e as crianças puderam se refugiar no sótão da casa nº 7 na rua Widok, para comer e continuar conversando. Mas o descanso foi interrompido pelo barulho de passos na escada. Um dos moradores havia ouvido um barulho suspeito e fora ver o que era.

5. Na casa da sra. Kalota

— O que estão fazendo aqui? – Fez-se um silêncio mortal. Então a mulher que os perscrutava com o olhar entendeu.

— Venham comigo, vocês podem comer na minha casa – disse ela afinal.

Napa se levantou. Depois de hesitar um pouco, as outras crianças fizeram o mesmo. A senhora morava num quartinho muito limpo no sótão. Sobre o parapeito da janela havia vasos de flores, a mesa estava coberta com uma toalha asseada. Na parede via-se a imagem de Jesus iluminada por uma vela.

Devagar, com muito medo e desconfiança, as crianças entraram no quarto. A senhora pôs café nas xícaras e pedaços de pão num prato.

— Vocês são judeuzinhos, não é verdade? – perguntou ela.

Caladas, as crianças balançaram a cabeça com um "não".

— Não tenham medo, não vou fazer nenhum mal a vocês. Antes da guerra eu tinha muitos conhecidos judeus, pessoas muito distintas. Provavelmente estão mortos agora – acrescentou ela.

As crianças ouviram essas palavras com uma desconfiança que se aproximava do medo. Mas a senhora começou a falar sobre sua solidão e aos poucos o gelo se quebrou.

— Estou vendo que vocês são bons meninos. Se não têm onde passar a noite, podem dormir aqui.

As crianças se alegraram com sua sugestão. Ela esquentou

água. Há muito não se lavavam com água quente! Arrumou um lugar para eles dormirem sobre o assoalho – mais confortável talvez do que o lugar em que ultimamente pernoitavam. Cansados de se arrastarem o dia inteiro pelas ruas, eles logo adormeceram.

De manhã, havia sobre a mesa café e pão, que as crianças comeram com apetite.

— Eu posso cuidar da casa – disse Basia, que tinha medo de ir para a rua.

A senhora concordou. Os meninos agradeceram sua hospitalidade e desceram alegres a escada. Ela gritou para eles:

— Voltem quando escurecer! Tomem cuidado para que ninguém os veja!

Na entrada da casa pararam para examinar a lista de inquilinos. Napa percorreu os nomes com o dedo até encontrar o dela.

— Aqui está – murmurou ele. — Último andar: Sofia Kalota, viúva, trabalha numa cozinha alemã.

Os meninos se entreolharam.

— Será que ela vai nos denunciar? – perguntou Coxo.

— Não, se ela quisesse denunciar a gente, teria feito isso na hora – respondeu Napa com segurança.

— Mas talvez...

— Do que você tem medo? – interrompeu-o Napa. — Ninguém morre duas vezes...

Nessa noite, ao sair do trabalho com uma vasilha grande de sopa, a sra. Kalota viu um pequeno pedinte sentado perto de um muro.

— Você está com fome?

O menino não respondeu. Assustado, apenas levantou a cabeça. Ela não teve dúvida de que era uma criança judia.

— Venha, você vai comer uma coisa quente – disse, pegando-o pela mão.

Em casa, Basia a cumprimentou com alegria. O pequeno empalideceu de medo, querendo fugir.

— Não tenha medo, ela é como você – a senhora o tranquilizou.

Mas aquelas palavras lhe causaram uma impressão tão forte que ele continuou imóvel.

— Não tenha medo – a garota repetiu as palavras da senhora.

Minutos depois chegaram os meninos, que se aproximaram do pequeno. Napa estendeu a mão para cumprimentá-lo.

— Você se lembra que a gente escapou pelo muro junto? Como você se chama?

O pequeno não conseguia dizer nada, mas sorriu. Certamente seu medo tinha acabado.

— Eu sou Bolus – disse afinal.

— Deixem-no em paz e venham todos para a mesa! – A senhora despejou a sopa nos pratos.

Após o jantar, as crianças se deitaram, mas não conseguiram adormecer. Perguntaram a Bolus sobre o gueto.

— Ninguém da sua família se salvou? – perguntou Napa.

— Não, minha mãe, meu pai e uma irmã morreram antes da "ação". Fiquei com três irmãs mais velhas que eu. Quando a ação começou, a gente empilhou uma mesa e todas as cadeiras contra a porta, mas os policiais conseguiram invadir a casa e nos arrastaram para o pátio. Tinha muita gente lá, todo mundo tinha que mostrar os documentos. A gente não tinha nenhum, então eles nos empurraram para o meio da multidão na rua. Um soldado ucraniano atirou contra nosso grupo. Fomos caminhando pela rua Zamenhof. Minhas irmãs tentaram me empurrar para eu fugir, mas eu não quis. Quando chegamos na rua Kupiecka, elas me empurraram com força para fora da fila. Todos seguiram adiante e eu fiquei sozinho. Fui então para o hospital onde minha irmã mais velha trabalhava. Fiquei duas horas dentro de um caixote de carvão. Por uma fresta do caixote, vi como os policiais ucranianos arrastavam os doentes para fora dos leitos e atiravam neles. Depois eu não aguentei mais ficar vendo aquilo e fugi. Na rua Krochmalna me escondi entre barris. Não sei o que aconteceu depois, porque adormeci. De manhã, não havia ninguém na rua, só um monte de coisas quebradas. Quando o policial lituano que vigiava a cerca se virou, pulei entre os arames farpados e fugi do gueto. Desde então, eu ando por aí pedindo comida na rua. Mas quero ir para perto das minhas irmãs, que foram para o outro lado do Bug* – acrescentou Bolus, após pensar por um instante.

— Você não vai encontrá-las, fique com a gente – aconselharam as outras crianças.

Assim eles conversaram até tarde da noite, preenchendo a sala com sussurros até que o sono finalmente chegou. De manhã, foram despertados pela sra. Kalota:

— Vou para o trabalho, volto de tarde. Fiquem aqui, mas em silêncio, para que ninguém ouça. Se baterem à porta, não abram. Em cima da mesa tem comida. Se quiserem mais, tem pão dentro do armário.

— Mas nós queremos voltar para o gueto! – disse Basia.

— Por enquanto é melhor ficarem aqui. Quando for possível, vocês vão.

A sra. Kalota saiu e trancou a porta. As crianças passaram o dia inteiro num canto da casa, conversando baixinho. De vez em quando, Bolus ia até a janela e, com cuidado para ninguém de fora reparar, olhava para a rua.

Às quatro horas, a sra. Kalota voltou trazendo uma vasilha com sopa.

Assim os dias passaram. Certa vez, ela levou Basia consigo ao mercado para ajudar com as compras. De repente, Basia avistou uma amiga do gueto com quem costumava ir para o lado ariano.

* Dizia-se aos judeus evacuados de Varsóvia que eles iriam trabalhar no leste do país, do outro lado do rio Bug. (N.T.)

— Teresa! – gritou.

Quiseram abraçar-se mas, dominando-se, contentaram-se em se aproximar. Teresa tinha catorze anos, os olhos fundos. Usava um casaco masculino e uma saia remendada.

— O que tem feito? Estou vendo que você tem uma casa. Me leva junto! – pediu ela, incapaz de tirar os olhos da cesta com as compras.

Basia olhou para a sra. Kalota, que estava pagando as compras, dando a entender que isso não dependia dela. A sra. Kalota olhou desconfiada para a amiga de Basia. Os olhos de Teresa lhe responderam com um pedido de socorro:

— Eu vou fazer tudo o que a senhora mandar, não tenho onde dormir – disse com voz chorosa. As três ficaram em silêncio por um momento interminável, até que a sra. Kalota falou para Teresa:

— Pegue o pacote.

Quinze minutos depois, elas estavam em casa.

— Ei, onde estão vocês? – perguntou a sra. Kalota.

Os três meninos puseram a cabeça para fora de um armário.

— Que tipo de brincadeira é essa? – ela perguntou, irritada.

— Pensamos que era um estranho – explicou Coxo.

— Talvez amanhã já esteja mais calmo e vocês possam voltar para o gueto – disse a dona da casa.

Porém, vários dias se passaram e a ação no gueto continuava, cada vez pior. A sra. Kalota trazia notícias tristes. As crianças não podiam esperar e começaram a voltar à cidade. Como a sra. Kalota não tinha condições de sustentá-los, perambulavam pelas ruas pedindo comida. Saíam de casa bem cedo, um por vez, para não despertar suspeitas. Se se encontravam por acaso na rua, fingiam não se conhecer. Apenas se olhavam e, muito raramente, trocavam uma piscadela.

6. Novos amigos

Em um dia chuvoso de agosto, Napa caminhava pela rua Chmielna quando notou um grupo de judeus, levados pelos alemães. Iam encurvados, a água da chuva escorrendo por seus casacos rasgados. O alemão que ia atrás deles os apressava. Perguntando-se quem seriam, Napa pôs-se a segui-los. Eles entraram na *placowka* alemã de madeira Omnium, na rua Chmielna, 67.

Homens e mulheres poloneses esperavam do lado de fora. Iam até lá para negociar com os judeus que ali trabalhavam: por algumas moedas ou um pouco de comida, era possível comprar roupas e outros objetos. A negociação era feita por meio de sinais, cada gesto indicava um produto ou um preço. Fechado o negócio, os judeus jogavam as coisas por sobre a cerca de arame. Às vezes, alguém conseguia sair para negociar com os compradores através de um buraco na cerca ou subornando o guarda.

Napa manteve-se afastado, observando a cena. Depois foi até a cerca e espiou por uma fresta. Num grande pátio havia montes de tábuas e madeiras. Dezenas de judeus corriam carregando as peças para vagões de carga, alinhados sobre trilhos ao lado. O guarda alemão, parado no meio do pátio, estalava o chicote gritando:

— Judeus malditos, rápido! Mais depressa!

À noite, Napa contou tudo para as outras crianças. De manhã foram todos, menos Basia, para a rua Chmielna. Os negociantes poloneses circulavam como no dia anterior, e assim que um judeu apareceu, logo eles o cercaram.

— O que você tem, mostre. Quanto quer por isso?

Quando as crianças viram o judeu, quiseram aproximar-se dele para saber notícias do gueto, mas os poloneses, ocupados em examinar os objetos e regatear, não deixaram. O pequeno Bolus tentou meter-se entre as pernas deles.

— Desculpem-me, desculpem...

Sem querer, pisou no pé de um dos poloneses, que lhe deu um pontapé e gritou:

— O que está fazendo, judeuzinho maldito?

Choroso, Bolus voltou para perto dos amigos, que ficaram circulando por ali durante uma hora. De repente, um operário judeu, não muito mais velho que eles, reparou nas crianças maltrapilhas e logo entendeu que eram judeus.

— O que estão fazendo por aqui? De onde vocês são?

— Fugimos do gueto, as nossas famílias foram levadas embora. Estamos dormindo na casa de uma senhora polonesa – disse Teresa, num fôlego só.

— Então podem entrar – sugeriu o rapaz.

As crianças ficaram com medo dos alemães, mas o novo amigo as acalmou. Levou-as para o pátio através do buraco na cerca. Operários rodearam as crianças observando-as de todos os lados – talvez fossem conhecidas. Perguntavam-lhes de onde eram, como haviam fugido do gueto, se estavam com fome.

As crianças pediram notícias do gueto. De repente, ouviu-se um grito, "Zex!", sinal de perigo. Os operários puseram-se a correr, o jovem operário indicou um monte de madeiras:

— Escondam-se aí, eu venho logo!

Pegou duas madeiras e, diante do alemão que se aproximava, carregou-as para um vagão. Enquanto isso, as crianças escondidas tremiam de medo.

— Não tenha medo, Bolus, esse "touro" vai nos ajudar – falou Coxo. Touro parecia o apelido perfeito para o novo amigo deles, que, em comparação com os outros garotos, era grande e forte. O apelido pegou.

Quando o alemão foi embora, Touro se aproximou das crianças e deu-lhes 150 *zlotes*, que os operários haviam juntado.

— Venham amanhã na hora do almoço, os alemães não vão estar aqui, vocês poderão tomar sopa.

As crianças saíram do pátio às escondidas, mas contentes porque tinham encontrado judeus e um novo protetor. Ao anoitecer, voltaram à casa da sra. Kalota com batatas, pão e uma quantia razoável no bolso. No jantar, contaram sobre Touro, sobre os operários judeus e tudo o que eles tinham visto. Teresa pôs os 150 *zlotes* sobre a mesa. Enquanto as crianças cochichavam entre si, inesperadamente alguém bateu à porta. Todos emudeceram. A sra. Kalota fingiu que não estava e não atendeu. O desconhecido bateu outra vez e foi embora. A visita inesperada foi como um balde de gelo na alegria, mas mesmo assim aquele dia ficou marcado como um dia feliz para as crianças.

No dia seguinte de manhã, foram de novo para a cidade, cada um em uma direção. Na hora do almoço, encontraram-se na entrada do pátio de madeiras. Ao meio-dia ouviu-se uma campainha, e os alemães foram para a cantina. Os operários judeus, com suas marmitas, puseram-se em fila em direção à cozinha. Touro olhou pelo portão e, vendo as crianças, levou-as para dentro. Famintas, elas engoliram o pouco de comida quente recebido. Após o almoço, os trabalhadores deram presentes às crianças: um deu uma camisa, outro uma jaqueta e um pulôver, outro trouxe um pouco de pão. As crianças andaram à vontade pelo pátio, mas tiveram que fugir quando os alemães voltaram.

Assim, todos os dias eles iam ao depósito de madeira. Andavam por lá como se estivessem entre irmãos ou parentes. Consideravam Touro como seu protetor e toda a comida, dinheiro ou objetos que recebiam eram entregues à sra. Kalota.

Uma vez, Teresa e Coxo foram pegos por um policial polonês. Ela conseguiu fugir, mas o polícia agarrou Coxo pela gola do casaco e o arrastou para a delegacia. O menino chorava pedindo para o policial deixá-lo e beijando-lhe a mão. Seu coração quase parou de medo. Teresa, porém, correu à fábrica e contou o ocorrido aos trabalhadores judeus. Alguém teve uma ideia:

— Vamos molhar a mão do Wolf. É a única pessoa que pode ajudar.

Dois trabalhadores foram até a delegacia. Um deles pôs ostensivamente sobre a mesa de Wolf um anel de ouro. Ao ouvir o pedido, o alemão se mostrou inflexível. Enquanto isso, um grupo de operários se reuniu diante da delegacia. Deram mais um objeto de valor para o alemão, que amoleceu: pôs no bolso os objetos e saiu à rua com um dos operários. Teresa conduziu-os, caminhando alguns passos à frente do outro lado da rua.

Na esquina da rua Zelazna, encontraram o policial que vinha trazendo Coxo, trêmulo, pela gola. Teresa apressou o passo até que eles o alcançaram.

— Qual o problema aqui? – perguntou o alemão.

— Ele é judeu – advertiu o policial.

— Bom, ele vem comigo – respondeu o alemão.

Pegou Coxo pela mão e o levou de volta. O menino, sem entender nada e olhando para todos os lados, quis fugir. Mas Teresa e o outro judeu faziam sinais para acalmá-lo por trás do alemão. Quando chegaram ao depósito, o alemão largou o menino, ameaçando matá-lo se o pegasse outra vez.

No início de setembro de 1942, os alemães fizeram a expulsão total do gueto. Montaram um *kesl* entre as ruas Lubecki, Gesia, Zamenhof, Mila, Stawki e a praça Parisowski, onde os judeus remanescentes deviam apresentar-se para uma "seleção". Só eram reconhecidos como operários aqueles que trabalhavam em serviços importantes para os alemães: na Gestapo, na SS, na Ostbahn (a administração das ferrovias alemãs na Polônia ocupada) ou nas oficinas do gueto. Mesmo assim, uma parte dessa categoria de pessoas também foi transportada para Treblinka.

Alguns dias após a seleção, Teresa pediu aos operários judeus que a levassem ao gueto. Ela queria saber se alguém da sua família havia se salvado.

— Ainda não, a situação está péssima, no portão há muito controle – respondeu Touro.

Mas a garota não desistiu. Então, os trabalhadores lhe compraram roupas apresentáveis e a levaram até o gueto. Foram até o posto de controle, onde já se viam centenas de judeus. Só lhes era permitido entrar com meio quilo de pão e um pouco de batatas. Alguns soldados não deixavam passar nada, jogando os produtos no chão. Guardas poloneses e judeus os ajudavam nessa tarefa. Para traficar produtos mais caros, como manteiga, carne de porco e banha, era preciso habilidade, mas também um pouco de sorte.

Dos dois lados da rua, as janelas das casas haviam sido muradas. Um sentimento de vazio se espalhava por toda parte. Eles chegaram à rua Gesia. Lá novamente havia uma sentinela, na passagem do gueto "selvagem" para o "central". Teresa correu até a rua Wolynska, onde tinha morado antes da "ação". Na porta havia um cartaz: "Operários da usina Ursus". Ela entrou na casa e olhou por toda parte, mas só encontrou desconhecidos.

— Quem você procura? – perguntou um deles.

— Meus pais, eu morava aqui.

Ninguém respondeu. Teresa compreendeu e desabou em lágrimas. No dia seguinte, ela se pôs na fila com os operários que iam para o lado ariano. Na vistoria, um soldado lhe tocou os ombros, mandou-a tirar os sapatos e olhou dentro. Com o chicote, levantou o vestido dela.

— Em ordem. O próximo! – gritou.

Sob a mira de dois *Werkschutz*, o grupo de operários marchou pela cidade. Foram até a rua Chmielna, onde Napa, Coxo e Bolus esperavam perto do portão.

— Conta...

Imóvel, Teresa não conseguia falar.

— Ninguém da minha família está mais lá – murmurou afinal, chorando.

Tristes, as crianças foram à cidade "trabalhar".

Chegou o inverno e após o Ano-Novo vieram as nevascas. As crianças receberam roupas e sapatos dos operários da *placowka* de madeiras, assim não sofriam muito por causa do frio. A sra. Kalota instalou um pequeno forno a carvão, espalhando um calor agradável. Porém, mais do que o forno, a sopa e o café, o que aquecia as crianças eram o sorriso carinhoso e as palavras gentis da dona da casa. Elas lhe contavam todos os acontecimentos do dia e o que sucedera na *placowka*. As crianças tinham falado da sra. Kalota para Touro, e ele lhe mandava presentes de tempos em tempos: uma chaleira de alumínio, uma panela, colherzinhas de chá, um lindo bule de porcelana.

No gueto, essas coisas podiam ser encontradas no lixo, nas casas, nos pátios, e os alemães não proibiam que as pessoas pegassem o que quisessem. Como os poloneses da *placowka* davam apenas moedas pelos objetos, Touro preferia dá-los de presente para a boa senhora.

Em meados de janeiro de 1943, os alemães começaram a bloquear casas ou ruas inteiras do lado ariano. Arrastaram de lá pessoas, transportando-as em caminhões militares para um lugar desconhecido. Os judeus do gueto se apavoraram quando souberam disso.

— Se estão prendendo os poloneses, com certeza virão atrás de nós também – diziam, antevendo uma desgraça.

E tinham razão. No dia 18 de janeiro de 1943 iniciou-se no gueto a segunda "ação de deslocamento". Outra vez começou uma caçada: pessoas eram arrancadas dos porões e sótãos. *Placowkas* foram liquidadas, entre elas a Omnium, da rua Chmielna. Levaram os operários para um *Umshlagplatz* e novamente milhares de pessoas foram transportadas para Treblinka amontoadas em vagões.

Na rua Mila houve um confronto armado entre judeus e alemães. Foi o primeiro levante armado no gueto de Varsóvia. A resistência durou quatro dias. Tendo perdido seus amigos da *placowka*, as crianças voltaram ao antigo "trabalho".

7. Abram! Polícia!

As crianças se revezavam para ficar tomando conta da casa da sra. Kalota. Era justamente a vez de Napa, e ele estava remendando sua calça rasgada quando alguém bateu à porta. O menino ficou petrificado e não atendeu. Instantes depois, alguém tentou abrir a porta e, antes que Napa vestisse a calça, surgiu um homem. Surpreso por encontrar o garoto, quis dar meia-volta, mas logo mudou de ideia e entrou no quarto.

— Bom dia, vim ver a casa. Ela está para alugar, não é? – perguntou, nervoso.

Ao perceber que se tratava de um simples ladrão, Napa não se abalou.

— Você se importa de esperar um momento? Minha barriga está doendo muito. Eu vou ao banheiro, mas volto logo – disse.

Em vez de ir ao banheiro, no andar de baixo, Napa correu até o zelador, que chamou a polícia e fechou o portão. Sem desconfiar de nada, o ladrão juntou todas as coisas valiosas da casa, escondeu-as sob uma tina na escada e dirigiu-se tranquilamente ao portão, onde um policial já o esperava. Após revistá-lo, ele logo descobriu os furtos amontoados embaixo da tina. O ladrão não tinha desculpas para dar e Napa viveu um dia de herói entre os vizinhos.

Quando a sra. Kalota chegou do trabalho, ficou orgulhosa dele. Tirou do armário um vidro de geleia e ofereceu às crianças. Naquela noite, o ladrão foi o único assunto. Houve uma verdadeira discussão: Basia e Coxo elogiaram a coragem de Napa, sua esperteza e sangue-frio.

— Agora ela não vai nos mandar embora. Napa mostrou do que somos capazes.

Teresa, ao contrário, advertiu: todos no prédio haviam visto Napa. Alguém podia entregá-lo. E, afinal de contas, por que o zelador precisava ter chamado a polícia?

Na manhã seguinte, ficou claro que ela estava certa. Um policial veio várias vezes investigar o caso. Não encontrando Napa, deixou um bilhete para ele comparecer à delegacia. Ele era a principal testemunha, mas apresentar-se à polícia estava fora de cogitação. Não restou outra saída senão deixar a casa hospitaleira da sra. Kalota.

Basia também foi embora, apesar da oposição do irmão. Eles foram à rua Grojecka, onde vivia uma polonesa, a sra. Urban, que ela conhecia e onde podia pernoitar em troca de uma pequena quantia. A mulher pareceu se compadecer da história que Basia lhe contou.

A sra. Urban criava galinhas para vender, mas sua principal fonte de renda era o aluguel que recebia semanalmente de um jovem judeu, Mietek, que dormia em um de seus quartos. Ela se aproveitava da situação e a cada semana cobrava uma quantia maior do inquilino.

Mietek trabalhava o dia inteiro em troca de uma miséria ajudando um zelador da avenida Jerozolimskie. Ele tentava explicar à sra. Urban que não tinha mais dinheiro, que havia vendido todas as suas coisas, porém a mulher se mantinha impassível.

— Todos os judeus dizem que não têm dinheiro, mas se você procurar bem, sempre encontra.

Certa vez, ela disse à garota:

— Eu arrisco meu pescoço por ele e ele ainda tenta me enganar. Se não pagar, vou denunciá-lo.

Alertado por Basia, Mietek fugiu. Ele se escondeu no sótão de casas, porém acabou sendo descoberto pela sra. Urban, que sabia onde ele trabalhava e o denunciou. Mietek sumiu para sempre.

Durante algum tempo a garota viveu bem, tendo um pouco de descanso e um teto sobre a cabeça. Mas a sra. Urban havia desconfiado de que ela avisara Mietek sobre o perigo e começou a ameaçá-la também. A garota passou a temer que a senhora se vingasse e decidiu deixar Varsóvia e procurar trabalho numa fazenda. Assim, também ela desapareceu sem deixar rastros.

Napa, por sua vez, passou a dormir nos sótãos das casas. Uma noite, sem conseguir dormir por causa do frio e incapaz de se abrigar do vento gelado mesmo encolhendo-se contra os cantos, teve uma ideia: juntou os capachos que ficavam diante das portas e usou-os para vedar as frestas de seu abrigo. Logo caiu num sono profundo.

Ao acordar, já era dia. Fora ouviam-se vozes de mulheres:

— Meu capacho desapareceu.

— O meu também! Veja, madame, em que época vivemos, roubam até capachos sujos.

Napa esperou até que as vozes silenciassem, então devolveu rapidamente os capachos em seus lugares e fugiu. Passava as noites em casas destruídas. Quando as outras crianças disseram que a polícia havia parado de procurar por ele, resolveu voltar à casa da sra. Kalota.

A vida seguiu normalmente. Napa perambulava pelas ruas, Bolus mendigava de casa em casa, e Teresa e Coxo recebiam dinheiro e objetos dos operários judeus que trabalhavam no lado ariano e que encontravam no posto de controle. Várias vezes as crianças foram pegas por meninos poloneses, que ameaçavam denunciá-las à polícia. Salvavam-se fugindo ou oferecendo algum dinheiro.

Num domingo de manhã, Napa e Bolus foram à cidade em

busca de algo, enquanto Teresa e Coxo ficaram em casa. Eles estavam sentados à mesa conversando quando de repente ouviu-se uma forte pancada na porta. A dona da casa indicou com o dedo às crianças que se escondessem num quartinho onde guardava carvão. Ouviram-se em seguida mais duas batidas e depois um chute na porta — Abram! Polícia!

A sra. Kalota abriu e entraram três civis. Tratava-se na realidade de *shmalzers*. Ela empalideceu de medo.

— A senhora está escondendo judeus! – gritou um deles.

Ela negou e quis convencê-los de que não era verdade, mas foi impossível.

— Sabemos de tudo, as pessoas viram! Conhece a sra. Urban, que cria galinhas?

Seria possível que a própria irmã do Coxo o tivesse traído – perguntava-se a sra. Kalota, pois com certeza a sra. Urban, para quem Basia contara sobre a sra. Kalota, tinha mandado os *shmalzers*.

— Mas o que os senhores querem de mim?

— O que nós queremos? A senhora recebe cem mil por cabeça, não se faça de tonta! – respondeu um dos chantagistas.

— Nós também queremos viver – falou o segundo.

— Então, a senhora ainda não entendeu?! – perguntou o terceiro, um gordo, valentão, elegantemente vestido, que parecia o chefe do bando. — Vamos revistar tudo!

Os sujeitos começaram a procurar pela casa, olharam dentro do armário, embaixo da cama, na cômoda perto da janela e passaram diante do quartinho do carvão. As crianças estavam agachadas sem respirar, mas os *shmalzers* não olharam ali dentro.

— Foi Deus que os cegou – costumava depois dizer a sra. Kalota.

Os *shmalzers* foram embora, prometendo voltar. Ao saírem, esbarraram com Napa, que voltava para casa.

— Venha cá – disse um deles. — Sabemos que você é judeu.

Não tenha medo, não vamos te fazer nada. Diga para a gente onde moram judeus ricos.

— Que judeus ricos? Eu não sou judeu – negou Napa.

Os chantagistas o agarraram e abaixaram suas calças.

— Seu judeu nojento, quer nos enganar!

Vasculharam os bolsos de Napa e pegaram o dinheiro que ele havia ganhado naquele dia. Depois lhe arrancaram o blusão e o suéter. O garoto começou a chorar.

— Se você falar onde moram judeus, vamos te devolver tudo e você ainda vai ganhar sapatos. Se não falar, vamos te levar à Gestapo. Você vai levar um tiro na cabeça e acabou-se...

Em prantos, Napa implorava para que o soltassem.

— Para de chorar ou te levo agora! – ameaçou o gordo. — Então, vai falar ou não vai?

O garoto não respondia nada, só chorava. Os *shmalzers* o levaram para a delegacia de polícia.

— Você vai logo pôr tudo pra fora! – ameaçavam.

Quando se aproximavam da delegacia, Napa viu que sua situação era grave.

— Está bem, vou falar. Hoje à tarde vou descobrir onde judeus moram e amanhã de manhã eu conto para vocês – murmurou.

Vendo que não conseguiriam mais nada, os homens deixaram-no ir.

— Se amanhã você não vier ao lugar combinado, acabamos com você na próxima oportunidade – ameaçaram antes de irem embora.

Napa foi andando devagar, depois apressou o passo. Compreendeu que não devia olhar para trás. Entrou em outra rua e começou a correr por desvios até chegar à rua Widok. Não vendo nenhum suspeito, entrou na casa da sra. Kalota. Teresa e Coxo ainda estavam apavorados. Bolus chegou em seguida. Respirando com dificuldade, Napa contou o que havia acontecido com ele.

— Nós também passamos por um sufoco – interrompeu-o Teresa.

— Vocês precisam fugir, crianças – pedia a assustada dona da casa.

As crianças se reuniram em um canto e discutiram baixinho o que fazer.

— Sim, amanhã de manhã temos que fugir – decidiu Teresa, a mais velha de todos.

Só Bolus não entendia o que havia acontecido e não queria ir embora, olhando suplicante para a sra. Kalota.

No dia seguinte, levantaram antes do nascer do sol. Teresa correu até a janela.

— Temos de ir embora, é tarde – disse ela.

A dona da casa desceu para ver se na rua não havia nenhum suspeito. As crianças agradeceram a proteção e a ajuda, beijaram-lhe as mãos. Ela chorava. Foi até um cofrinho e tirou a certidão de nascimento de sua filha morta, Sílvia.

— Leva, isso pode te servir um dia – disse para Teresa.

A menina guardou a certidão.

— Prestem atenção, tenham cuidado! Teresa, cuide de Bolus – recomendou a sra. Kalota. Ela fez o sinal da cruz na cabeça de cada um.

As crianças desceram a escada silenciosamente. Foram embora sem saber para onde iam.

Quatro figurinhas amedrontadas se esgueirando nas sombras dos muros da cidade.

8. Crianças de rua

Passaram o dia inteiro andando pelas ruas, à procura do olhar generoso de algum pedestre: talvez alguém tivesse compaixão e os levasse para casa. A maioria das pessoas os evitava. Às vezes alguém lhes dava com má vontade um pedaço de pão. Anoiteceu e eles perambulavam indecisos, à procura de um lugar para dormir.

Atravessaram a ponte e foram para Saska Kepa, onde encontraram destroços de uma casa. Tomando cuidado para não serem vistos, desceram ao porão. Na escuridão, procuraram um canto onde ninguém pudesse notá-los. Deitaram-se no chão e, cansados de andar o dia inteiro, adormeceram. Por um breve momento, puderam esquecer sua situação, mas de manhã continuavam sem saber o que fazer.

— Você tem que fugir de Varsóvia – disse Teresa a Napa. – Os *shmalzers* te conhecem e ai de você se te encontrarem outra vez!

O garoto foi então à feira, aonde os camponeses levavam seus produtos para vender. Foi de carroça em carroça, perguntando:

— O senhor precisa de alguém para cuidar das vacas?

Após algumas horas encontrou um camponês de Radzymin que aceitou levá-lo, mas oferecia em troca só comida. Para não despertar suspeitas, Napa resistiu um pouco.

— Me dê também alguns *zlotes* e então eu aceito. O senhor entende, moro com um tio. Como briguei com ele, tenho medo de voltar para casa.

Mas o camponês não quis mudar de ideia e o garoto acabou concordando e partindo com ele para o campo.

Logo que amanhecia, Napa levava as vacas ao pasto. Guiava--as com uma vara e cantava as cantigas polonesas que sabia. Lá ele se sentia livre e seguro: não havia alemães nem policiais fardados. Não precisava fingir que seu pai tinha sido mandado para um campo de trabalhos forçados na Prússia e que sua mãe estava no hospital. Ficava sozinho entre as vacas, que pastavam tranquilas. Ao anoitecer, conduzia os animais para o estábulo e corria para casa. Sobre a mesa já estava um bom prato de batatas e uma caneca cheia de leite.

As outras crianças, Teresa, Coxo e Bolus, buscavam seu caminho na cidade. Andavam separados para não chamarem a atenção dos pedestres. Encontravam-se de noite e estavam sempre à procura de novos esconderijos, porque era perigoso dormir no mesmo lugar. E assim os dias passavam.

Uma vez, ao anoitecer, eles foram até as hortas do bairro de Grochow e se abrigaram atrás de uma pilha de madeiras. A lua se escondeu atrás das nuvens azuis. O vento balançava as tábuas, que batiam acordando as crianças. Depois veio a chuva, que deixou a terra escorregadia. As madeiras deslizavam. Encharcadas e tremendo de frio, as crianças se apertavam umas contra as outras. Suas roupas estavam coladas ao corpo, o pequeno Bolus chorava. A chuva só passou na alvorada. Os três perambulavam pelas ruas. Para onde ir? Onde poderiam secar as roupas? Os pedestres os olhavam.

— Vamos até a rua Krucza, 16. Eu conheço uma senhora lá – disse Coxo. — Ela é uma senhora honesta e ajuda crianças pobres.

Todos concordaram. Quando chegaram, abriram a porta com cuidado e olharam para dentro. A velhinha, sentada à mesa, imóvel, tinha na mão uma vasilha com sopa que trouxera da RGO.

Coxo lembrou-a de que já tinha estado ali e perguntou se ele e os amigos podiam entrar para secar as roupas. Ela concordou.

As crianças lhe disseram que moravam longe, tinham pais malvados que batiam nelas e as deixavam sem um tostão. Ficaram até o anoitecer.

— Já está tarde para vocês irem para casa – disse a velha senhora.

Teresa se apavorou ao pensar que teriam de procurar novamente uma casa destruída para dormir.

— E talvez... – hesitou em dizer sua ideia.

Felizmente a própria velhinha acrescentou:

— Podem dormir aqui, no sótão, mas por favor nada de fazer xixi no chão.

As crianças se deitaram sobre panos e adormeceram. De manhã, a velhinha os apressou:

— Está na hora de vocês descerem!

Teresa agradeceu à velha e pôs em sua mão três *zlotes*. A velhinha, contente, examinou o dinheiro e o enfiou no bolso.

— Queridas crianças, Deus os ajude a ganharem o dinheiro do dia – abençoou-os antes de irem embora. — Se chover ou não conseguirem ir para casa, venham para cá.

Nas noites quentes de abril, as crianças dormiam em ruínas ou porões. Mas quando esfriava ou chovia, eles iam à casa da Vovó, na rua Krucza. Aos poucos, começaram a passar mais e mais noites lá

Um dia de manhã, foram acordados pelo barulho de tiros: estava havendo uma batalha no gueto. As crianças não conseguiam disfarçar a ansiedade. Ainda se sentiam parte de lá. Contra a vontade de Coxo, Teresa resolveu ir até o gueto em chamas para vê-lo de perto. Ficou parada no meio da multidão que acompanhava o acontecimento, mas não conseguiu ficar muito tempo. Com lágrimas nos olhos, entrou em um bonde, e todos ali se voltaram para ela. Seus olhos, vermelhos de chorar, despertaram suspeitas.

— Fora, judia! – gritou um passageiro e com toda a força a empurrou do bonde em movimento.

Teresa caiu de bruços e bateu a cabeça no chão. Seu rosto se cobriu de sangue e ela perdeu os sentidos. O bonde seguiu em frente. Quando voltou a si, estava num leito de hospital, após uma cirurgia: além do ferimento no rosto, fraturara a clavícula. Mas o mais importante era que ninguém a havia reconhecido. Apesar da dor, ela se sentia bem: estava deitada em uma cama de verdade e recebia comida! Desejou permanecer ali o máximo possível. Mas como seu estado de saúde melhorava rapidamente, foi obrigada a deixar o hospital. Sobre o olho esquerdo restara apenas uma grande cicatriz, lembrança da maldade humana. Depois de sair do hospital, andou de novo sem rumo, e à noite foi à rua Krucza.

— Teresa, Teresa, você está viva! – gritou Coxo, quando a viu perto do portão.

Bolus se jogou em seus braços, beijando-a. Dias depois, quando foram à cantina da RGO para almoçar, Coxo puxou a amiga pela manga.

— Está vendo aquelas duas no outro lado da rua? São das nossas, lembro delas do gueto.

Duas meninas, uma de catorze anos, a outra de nove, que, encostadas a uma parede, cantavam canções polonesas. A mais velha, com "boa aparência", recolhia esmolas. A mais nova, de traços semitas, atraía os pedestres com sua vozinha sonora. Seus grandes olhos negros despertavam simpatia e compaixão. Vendo Teresa e Coxo, piscou para eles, parou de cantar e rapidamente entrou com a irmã pelo portão da casa vizinha. Os dois as seguiram.

— O que estão fazendo? Como vivem? – perguntou-lhes Teresa.

— Ora, cantamos nas ruas – respondeu a mais velha, Marysia.

— E nos restaurantes – acrescentou a menor, Stefcia. — Nos viramos bastante bem, mas as noites são difíceis.

Havia meses elas perambulavam pelas ruas e se sustentavam cantando. Dormiam na casa de uma ou outra senhora, ao acaso.

A aparência semita de Stefcia as obrigava a trocar frequentemente de abrigo e então passavam noites nas ruínas. Pouco tempo antes, tinham conhecido uma garota polonesa que as levara à casa da avó, onde dormiam no chão. Em troca, elas davam à menina e à avó o dinheiro que ganhavam cantando.

Mas Stefcia adoeceu de tifo e pneumonia. Teve muita febre e era impossível chamar um médico. A dona da casa teve medo de que a menina morresse e soubessem que ela escondia judeus. Exigiu que a doente fosse levada para outro lugar. A senhora manteve sua decisão apesar das súplicas de Marysia, que acabou levando a irmã a uma clínica infantil, largando-a na porta e fugindo. Quando Stefcia foi diagnosticada, levaram-na para um hospital de doenças infecciosas.

Três meses depois, Stefcia retornou com saúde à casa da irmã e elas voltaram a cantar nas ruas. Eram tão boas que haviam recebido propostas para cantar em diversos bares, entre eles, um restaurante na praça Três Cruzes bastante movimentado. Apareciam por ali vários tipos suspeitos e às vezes soldados alemães.

— As noites também são difíceis para a gente – confidenciou Coxo. — Às vezes não temos nada para comer.

Teresa contou a história do encontro com os *shmalzers* e da agressão, mostrando a cicatriz.

— Vocês vão ser pegos se continuarem assim – Stefcia alertou. — Sempre vai ter algum verme de olho na recompensa. Vocês sabem que às vezes nós cantamos na praça Três Cruzes? Alguns rapazes poloneses vendem cigarros ali ou os trocam por enlatados e parece que eles estão se dando bem. Acho que vocês deviam tentar. Vai ser mais seguro, vocês vão ter um bom disfarce.

Coxo, que temia qualquer mudança, hesitou, mas Teresa logo gostou da sugestão.

— Que ótima ideia! – declarou.

9. Uma nova “profissão”

Naquela tarde, Teresa, Coxo e o pequeno Bolus foram à praça Três Cruzes. No caminho, compraram um maço de cigarros Svoiak, caseiros. Não tinham a menor ideia de por onde começar. Teresa olhou ao redor atentamente. Diante do quartel, alguns rapazes poloneses estavam vendendo cigarros.

— Esperem aqui, vou tentar aquele lugar ali – disse Teresa, indicando o prédio do ex-colégio Rainha Jadwiga.

— Ei, o que quer aqui? Dá o fora! – gritou um dos rapazes poloneses.

Ela voltou para perto de Coxo e Bolus.

— Eles não me deixam ficar lá, vou tentar perto do portão do Instituto para Surdos-mudos – disse Teresa.

Encostou-se no portão de ferro, tirou o maço de cigarros e esperou clientes. Coxo circulava por ali, atento a policiais ou soldados alemães.

Do quartel saíram dois soldados bêbados, que se aproximaram do fotógrafo, parado ali perto.

— Ei, faz uma fotografia nossa – gritou um deles em alemão.

Teresa correu com o maço e ofereceu:

— *Zigaretten?*

O alemão tirou do bolso uma cédula, deu para a garota e pegou os cigarros.

Feliz, Teresa correu para perto dos colegas:

— Vendi todos os cigarros!

— Você está brincando! – disse Coxo.

Ela mostrou o dinheiro, que usaram para comprar mais cigarros. Ao anoitecer já tinham ganhado oitenta *zlotes*. Compraram alguns pães e foram dormir na casa da Vovó, na rua Krucza.

No dia seguinte de manhã, voltaram à praça. Decidido a participar do negócio, Coxo encontrou algumas tábuas largadas no lixo e, usando um tijolo como martelo, fez uma caixa para os cigarros. Ficou radiante e correu para perto de Teresa:

— Veja, eu que fiz – ele se gabou.

— Amarre um cordão para você poder andar com a caixa pendurada.

— E onde eu vou achar um cordão?

— Use o que está na sua cintura.

— Mas a minha calça vai cair...

— Então pense em outro jeito!

Coxo começou a andar por ali com a caixa. Numa chapelaria, viu um cordão pendurado no toldo. Quando ninguém olhava, ele cortou um pedaço e foi correndo até Teresa.

— Olha, consegui! – riu. Pôs os cigarros na caixa e se postou perto dela.

O pequeno Bolus se ofendeu porque os amigos tinham resolvido não lhe dar cigarros para vender, seu papel era só ficar parado observando. Então ele se pôs a andar pelas ruas, parando para apreciar as vitrines. Ao ver uma mercearia, sentiu a língua estalar enquanto passeava os dedos pela vitrine olhando as frutas.

— Fora daqui! – enxotou-o a proprietária.

Zangado, Bolus continuou a andar pelas ruas sem saber para onde nem para quê, até que chegou embaixo da ponte Poniatowski. Ali havia uma parada de bondes e algumas pessoas esperavam. Bolus olhou para todos os lados, encostou-se numa coluna da ponte e começou a cantar cantigas polonesas, primeiro baixinho, depois cada vez mais alto. Aliás, ele só sabia duas: "Iasia conduzia as vaquinhas" e "O camponesinho teimoso" – então repetiu-as sem parar. As pessoas jogavam-lhe moedas. De tarde, ele foi à praça Três Cruzes, todo orgulhoso com o que havia conseguido.

— Vejam quanto ganhei! – gabou-se para os maiores.

No outro dia foi de novo para debaixo da ponte, onde encontrou uma menina polonesa de cinco anos, que pedia esmolas.

— Venha comigo, vamos cantar juntos – sugeriu Bolus. E depois de refletir, disse: — Se alguém perguntar, você é minha irmã.

As crianças deram-se as mãos e ficaram cantando perto da parada de bondes. Mas Bolus percebeu que os poloneses estavam de olho nele. Por isso, convenceu sua amiguinha a irem cantar dentro dos bondes. Desde então viajavam nos vagões da linha P. As pessoas tinham pena dos pequenos passageiros e lhes davam dinheiro e comida – exceto quando o condutor mandava-os descer, o que às vezes acontecia.

Na hora do almoço, Bolus e sua sócia pularam do bonde no fim da rua Czerniakowski. Sentaram-se na escadaria do prédio do Seguro Social e fizeram a divisão da quantia que haviam recebido: Bolus tirou do seu boné algumas cédulas e a menina tirou outras do seu casaquinho rasgado. O menino contou-as:

— Ganhamos trinta *zlotes*. Aqui está a sua parte. – Ela guardou depressa o dinheiro no bolso.

Pelas portas de vidro do prédio viam-se os aquecedores da sala de espera, de onde vinha um ar quente. As crianças, geladas de frio, entraram. Ali dentro estava quente: Bolus sentou-se num canto ao lado da menininha e os dois ficaram encolhidos perto de um aquecedor. Pessoas que por ali passavam lamentaram as duas crianças desabrigadas, que acabaram adormecendo confortadas pelos aquecedores. Acordaram quando a campainha do gasômetro anunciou o fim da jornada de trabalho.

— Vem comigo pro gasômetro, lá você vai tomar uma sopa, pra mim dão sempre – disse a menina.

Os dois entraram juntos no pátio, olhando para todos os lados, e foram até a cozinha.

— Entrem, entrem – disse uma mulher.

Mas Bolus ficou atrás da porta.

— E quem é esse? – perguntou a cozinheira.

— Ele veio comigo – respondeu a menina.

Uma das ajudantes abriu a porta e o fez entrar. A cozinheira despejou sopa em dois pratos e deu para as crianças com um pedaço de pão. Eles comeram com apetite, agradeceram e foram embora. Na rua, um vento cortante soprava no rosto, mas as crianças não sentiam frio. Combinaram de se encontrar no dia seguinte. Bolus foi à praça Três Cruzes.

— Por que voltou tão tarde? Onde esteve o dia inteiro? A gente achou que tinha acontecido alguma coisa com você – repreendeu-o Teresa.

— Fiquei sentado no Instituto do Seguro Social, perto do aquecedor – justificou-se o pequeno.

— Lá vem ele de novo com essas histórias – disse a garota para Coxo, que acabara de chegar.

Os negócios de Teresa e Coxo iam bem. Já se sentiam em casa na praça e ganhavam algumas dezenas de *zlotes* por dia. Almoçavam na RGO, onde entravam pela porta dos fundos e logo ganhavam pratos de sopa da cozinheira. Após o almoço voltavam para a praça Três Cruzes.

Naqueles dias apareceu outro amigo, Mosze, mais tarde apelidado de Stasiek, de dezessete anos, que Coxo conhecia dos tempos de contrabando no gueto. Não tinha cara de ariano, mas era esperto o suficiente para enganar os *shmalzers*. Sua história era única.

Havia fugido do gueto meses antes e perambulara pelas ruas sem encontrar ajuda. Certa vez, dois senhores respeitáveis o pararam. Um deles apresentou-se como Mundek, agente da Kripo, a polícia criminal alemã. Começaram a chantagear o rapaz, exigindo dele grandes quantias para não entregá-lo à Gestapo. Stasiek tentava convencê-los de que nada possuía.

— Então mostre-nos onde moram judeus ricos. Nós lhe daremos abrigo, comida e nada lhe faltará enquanto trabalhar conosco. – Assim os dois homens o ameaçavam, ao mesmo tempo que ofereciam um acordo.

O rapaz não teve saída e concordou. Levaram-no para a casa de Mundek, na rua Maeszalkowska, e o convidaram à mesa, repleta de boas comidas e vodca.

— Dê uma calça decente para ele. Mostre-lhe que ele encontrou um bom patrão – disse Mundek a sua amante.

Enquanto Stasiek trocava de roupa, apareceram dois policiais poloneses. O rapaz começou a tremer de medo.

— Não tenha medo, eles estão com a gente – acalmou-o Mundek e conversou com os policiais amigavelmente.

Após almoçarem, todos se levantaram da mesa.

— Agora que já almoçou, venha comigo. Você precisa pagar as calças que ganhou – disse Mundek pegando Stasiek pela manga.

Ele o levou à estação de trem da rua Nowogrodzka, no subúrbio, e a caçada começou. Mundek examinava as pessoas que entravam no trem.

— Você está vendo aquela loirinha? Com certeza é uma "gata"* – disse para Stasiek. — Vá até lá e diga para ela umas palavras em ídiche, olhando nos olhos dela.

Stasiek cumpriu a ordem. A mulher ficou pálida, seus movimentos nervosos revelavam medo. Era o que bastava para Mundek. Ele entrou no trem atrás da mulher e sentou-se ao seu lado. Mostrando-se totalmente calmo, de tempos em tempos lançava

* Os *shmalzers* chamavam os judeus escondidos de "gatos". [N.T.]

um olhar cortante para a mulher. Quando entendeu que estava sendo observada, ela desceu do trem na estação seguinte. Mas seu caçador fez o mesmo. Ela apressou os passos e começou a correr; Mundek a perseguiu.

— Desculpe-me – começou, solícito. — A senhora poderia me acompanhar por um instante?

— Mas para quê, por quê? – ela perguntou, nervosa.

— Se a senhora tiver a bondade de vir comigo até aquele portão, eu lhe digo.

— Mas de que se trata? Me diga, por favor.

— Não quer entrar? – ele falou mais alto. — Se não vier, vai ser pior.

Mundek deu alguns passos na direção de um policial que circulava por perto.

— Mas, meu senhor... – gritou a assustada mulher.

Eles entraram num pátio.

— Parece que a senhora já entendeu do que se trata – começou o chantagista.

— Sou uma mulher sozinha, não tenho dinheiro, tenha pena de mim...

— Que pena. Nesse caso, vamos ter que levá-la à Gestapo e lá a senhora sabe o que eles fazem...

A mulher tremia toda.

— Só tenho três mil, é tudo o que tenho – e tirou da bolsa o dinheiro.

Mundek guardou o dinheiro no bolso.

— É pouco – disse.

— Eu não tenho mais nada, de verdade, me deixe ir – implorou ela.

— Vamos ver.

Mundek começou a revistá-la. Tirou de sua bolsa uma caneta dourada, um par de brincos antigos, mandou-a tirar do pulso o relógio de ouro, examinou-lhe os sapatos, esperando encontrar alguma coisa escondida. Desapontado, ordenou-lhe que entregasse a aliança de ouro.

— Agora a senhora pode ir – disse ele finalmente.

A mulher limpou as lágrimas e foi embora, olhando com medo para todos os lados.

Ela não foi a única vítima naquele dia. À noite, as comemorações na casa de Mundek foram regadas com muita bebida. Os chantagistas tinham roubado dezenas de milhares de *zlotes*, além de objetos valiosos que Mundek exibia aos amigos.

— Minha herança judaica – dizia rindo com escárnio.

E disse para a amante:

— Vamos comprar um bom par de sapatos para esse rapaz, ele merece!

Tempos depois, Mundek já havia juntado uma fortuna e não precisava mais de Stasiek. Agora que as vítimas já eram conhecidas, elas lhe garantiam uma receita mensal razoável, de modo que o *shmalzer* resolveu liquidar Stasiek. Tomou a roupa e os sapatos que lhe dera. O rapaz, entendendo que corria perigo, fugiu de seu suposto protetor.

Perambulou pelas ruas até encontrar Coxo.

— Não me chame de Mosze, sou Stasiek – disse, antes de cumprimentá-lo.

Coxo levou o rapaz à praça Três Cruzes e o apresentou a Teresa. Logo depois chegou Bolus, que mediu de cima a baixo o recém-chegado, olhando-o fundo nos olhos.

— Por que você está me olhando desse jeito? – irritou-se Stasiek.

Envergonhado, Bolus se afastou, enquanto Teresa caía em gargalhadas.

— Vá até a rua Hoza e compre duzentos cigarros, assim você vai ter com que negociar. Leve-o até lá, Bolus – ordenou Teresa.

Algumas horas depois, a garota se aproximou de Stasiek, que circulava pela praça com um maço de cigarros na mão.

— E então, como vão os negócios?

— De mal a pior! – respondeu. Ele não estava nada contente com sua nova profissão.

Teresa soubera por um dos rapazes poloneses que no mercado de Rozycki, no bairro de Praga, havia cigarros falsificados para comprar a um bom preço. No dia seguinte foram até lá e ficaram perambulando entre as barracas. Ali se podia comprar de tudo: roupas, sapatos, brinquedos, gramofones, alimentos, até fardas alemãs e revólveres. Evidentemente, esses últimos itens eram reservados aos clientes de confiança. Compraram centenas de cigarros falsificados e dezenas de originais para clientes especiais. Ao saírem do bazar, pararam numa barraca com um cartaz: CAFÉ DA MANHÃ, ALMOÇO E JANTAR. De um pequeno cano saía fumaça.

— Vamos comer alguma coisa – sugeriu Coxo.

Dois carroceiros bêbados estavam sentados a uma mesinha, das garrafas viradas ainda escorria vodca. Atrás de um balcão sujo estava a dona.

— O que vocês querem? Salsicha? Chá?

— As duas coisas, três porções – respondeu Stasiek. — E não esqueça de trazer a mostarda.

— Ei, crianças, não vão tomar um traguinho? Não tenham vergonha – falou um dos bêbados.

Stasiek tomou uma dose de vodca num só gole e logo sua cabeça estava girando. Comeram rápido, pagaram e estavam de saída quando Coxo sentiu que alguém o tocava de leve. Ele parou e olhou com cuidado para trás. Era Touro, da Omnium.

10. Touro, o cabeça do grupo

Os primeiros anos de Ignatz, o verdadeiro nome do nosso conhecido Touro, foram felizes. Com pais afetuosos e abastados, ele havia conseguido levar uma vida relativamente normal mesmo dentro do gueto. Ele brincava no pátio com vizinhos, ia à escola e comia à vontade. Seu pai, um homem enérgico, logo compreendera a situação, colocando-se entre os primeiros trabalhadores "externos" do gueto. Assim, nunca faltou comida na casa.

O início da ação de julho de 1942 alterou drasticamente a vida da família. Um soldado alemão flagrou seu pai perto do portão do gueto com um pacote de sacarina. Matou-o na hora. Sendo Ignatz o único homem da família, recaiu sobre ele a responsabilidade de sustentar a casa. Começou a lutar por sua vida e pela da família e, aos quinze anos, deu provas de grande energia e habilidade. Fez contato com outros trabalhadores externos e trocava com eles roupas e objetos de casa por alimentos.

Certa vez, porém, Touro foi preso por um soldado e levado ao *Umshlagplatz*. No meio de uma multidão, o choro de mulheres e crianças abafava os gritos daqueles à procura de familiares. A caminho do trem, algumas pessoas tentavam se refugiar dentro do único edifício existente, mas a milícia judaica se empenhava em manter a ordem. Soldados e agentes da Gestapo conduziam as pessoas aos trens com a ajuda de rifles e chicotadas. Ninguém se importava com os mortos pelo caminho ou com os gritos dos feridos. Cada um pensava em si e procurava um meio de fugir daquele inferno.

A situação parecia perdida, mas Touro não se deixou vencer. A lembrança de sua família não o abandonava. Na confusão inicial, ele conseguiu escapar da primeira leva. O trem partiu e aqueles que ficaram no *Umshlagplatz* deveriam esperar pela chegada de novos transportes no dia seguinte. Era o momento de agir. Esgueirando-se na escuridão, conseguiu passar pelos soldados ucranianos e da SS, escalar o muro e correr o mais rápido possível de volta para casa.

Ficou surpreso ao encontrar as portas de casa abertas – um mau sinal. Tudo no interior estava no lugar: pratos, móveis e até o jogo de porcelana na prateleira. Chamou pela mãe, mas ninguém respondeu. Por um momento, ainda pensou que ela poderia ter saído, talvez à procura dele, e que voltaria a qualquer momento. No entanto, logo percebeu o que acontecera: a mãe e as três irmãs tinham sido levadas para Treblinka. Ficou sozinho. O que fazer? Voltar ao *Umshlagplatz*? Será que as encontraria na multidão? De todo modo, o destino de todos ali seria o mesmo dele...

Milhares de pensamentos giravam em sua cabeça, um mais obscuro que o outro. No entanto, ele conseguiu superar o desespero: decidiu lutar para viver e poder contar ao mundo o crime que estava presenciando. A única forma de sobreviver era escapando do gueto. Mas como? Era uma decisão difícil. Acabou sendo ajudado por um golpe de sorte. Um grupo de trabalhadores externos esperava na fila da vistoria. Sem hesitar, ele se juntou à aglomeração e saiu com eles para o lado ariano. Uma vez do lado de fora, perambulou pela cidade sem rumo. Alguns o olhavam suspeitos, mas ele não dava atenção. Ali, tudo era distinto: as pessoas, as casas, até as árvores. Olhava ao redor com indiferença. O riso das crianças o inconformava. Ele as invejava. Lá, um oceano de lágrimas e sangue, ali a vida relativamente normal. O muro dividia a cidade em dois mundos completamente distintos.

Quando a noite caiu, Touro precisava encontrar abrigo numa cidade que para ele era estrangeira. Mas onde? Seu primeiro plano foi ir à casa onde vivia antes da guerra. Ali, foi bem recebido e alimentado. Deram lhe conselhos e lhe prometeram ajuda para o futuro, mas ninguém lhe ofereceu um leito onde dormir. Era perigoso demais. A pena por abrigar judeus era a morte. Touro decidiu então procurar ajuda de estranhos e foi bater à porta de uma casa próxima à estação de trem.

— Eu perdi o trem para Cracóvia. Será que posso passar a noite aqui?

— Provavelmente é um judeu – foi a resposta.

Aquilo lhe soou como uma maldição que o lembrava de que não tinha o direito de viver, o que o machucou. E agora? Deveria voltar ao gueto e tentar a sorte novamente em mais alguns dias? Lutou contra a ideia. Se se deixasse vencer, precisaria de ainda mais força para arriscar uma segunda vez. Tentou se esconder no porão de uma casa, mas foi enxotado pela zeladora. Tentou então dormir entre as tábuas de barracas do mercado, mas foi descoberto por uma patrulha alemã e só escapou dos tiros por um milagre. Exausto e sem esperança, acabou decidindo voltar ao gueto com os trabalhadores, mas a Omnium estava vazia, todos já haviam partido e o caminho de volta se fechara.

Touro se sentiu impotente, mas não teve tempo de chorar. Com o toque de recolher se aproximando, era preciso encontrar uma solução. Acabou pulando o muro e passando a noite entre as madeiras da *placowka*. No dia seguinte, ele juntou-se ao grupo de trabalhadores externos e foi aos poucos se tornando um deles, retornando ao gueto diariamente. Mas a paz durou pouco: alguns dias depois, o grupo foi preso por soldados ucranianos e levado ao *Umshlagplatz*. Embora os trabalhadores tenham sido soltos, graças à intervenção do diretor da fábrica, Touro não tinha licença de trabalho e ficou retido. Foi assim que, no fim das contas, ele foi jogado dentro de um trem. Mais de cem mulheres, homens e crianças lotavam o vagão. Alguns choravam, outros rezavam pedindo consolo ou ajuda divina, ao passo que outros ainda se mantinham resignados e indiferentes a tudo que se passava ao redor. O calor e o cheiro eram insuportáveis. O sol que entrava pela pequena janela com grades parecia zombar deles. Touro decidiu, uma vez mais, lutar para sobreviver.

Quebrou as grades da janela com uma tábua. Quando o trem reduziu a velocidade numa curva, próximo a Zielonka, ele pulou para fora e caiu rolando numa fossa. Os alemães atiraram do teto do trem e de dentro dos vagões, mas ele escapou ileso.

Ignatz se escondeu num bosque e retornou a Varsóvia. Quando chegou à *placowka*, foi recebido com alegria pelos operários. Todos gostavam muito dele, e o fato de ter fugido do trem lhe valeu o respeito dos demais. Decidiram arrumar-lhe uma licença de trabalho, e Touro passou a ser um operário legalizado da *placowka*: ajudava nos serviços e na compra de alimentos, que ele levava para o gueto no final do dia. Conseguiu facilmente estabelecer contato com poloneses que conhecia de antes do fechamento do gueto. Inteligente, corajoso e honesto, ganhou a confiança dos colegas e acabou tornando-se o intermediário entre eles e os poloneses.

Touro ficou particularmente próximo de Janina Jakubisiak, uma senhora que vivia na rua Chmielna com quem fazia negócios, trocando "mercadorias" do gueto por comida. O professor Tadeusz Idzikowski, que vivia na rua Stanislaw August, também estava entre seus clientes mais assíduos. Após o trabalho, os operários da *placowka* voltavam ao gueto com produtos que haviam comprado.

Perto do final de agosto de 1943, durante uma de suas negociações, Touro notou crianças que vagavam pela rua. A aparência delas denunciava suas origens. Ele abandonou o comércio e se aproximou dos meninos. Daquele dia em diante, Bolus, Teresa, Coxo e Napa passaram a ser protegidos pelos trabalhadores. Eles se apegaram muito a Touro, especialmente o pequeno Bolus.

Quando os alemães fecharam a *placowka* e os trabalhadores foram deportados, em janeiro de 1943, Touro já não estava mais entre os funcionários: havia escapado a tempo, dizendo para si mesmo que não fazia sentido fugir do trem para se ver novamente dentro de um vagão. Conheceu um grupo de trabalhadores extremamente úteis aos alemães, pois abasteciam os trens com carvão e consertavam os trilhos. O grupo acolheu Touro, que ajudava limpando as ferramentas e comprando cigarros e bebidas. Quando um dos trabalhadores morreu, Touro assumiu seu lugar na *placowka* da Ostbahn. Ele começou a contrabandear comida para o gueto novamente. A princípio, os trabalhadores só tinham permissão para cruzar o portão com um pão e algumas batatas, mas alguns soldados não permitiam sequer isso. Para contrabandear manteiga, óleo ou açúcar, era preciso muita habilidade, o que Touro tinha de sobra.

No gueto, ele reencontrou por acaso um tio, único sobrevivente da família, que o colocou em contato com a Resistência. Àquela altura, o movimento tentava aumentar seu arsenal, de modo que os trabalhadores que saíam do gueto diariamente eram um canal importante para isso.

Entre os poloneses que negociavam com os operários da Ostbahn, havia um condutor de bonde, Wrublewski, que conhecia a sra. Jakubisiak. Ignatz estabeleceu contato, comprando dele inicialmente apenas pão. Com o tempo, eles passaram a esconder revólveres dentro dos pães, que Touro levava para o gueto. Uma vez lá dentro, as armas eram recolhidas pelos irmãos Jaszinski, que as passavam para a Resistência.

De vez em quando, Ignatz dormia na casa da velha Jakubisiak, onde eram feitas as principais negociações. Essas atividades certamente teriam podido evoluir se em meados de março de 1943 os alemães não tivessem levado os operários da Ostbahn para um *lager* na rua Armatnia, no bairro de Wola. Os operários judeus foram jogados em barracões cercados de arame farpado, e ali eram vigiados por ucranianos.

Aproveitando-se da confusão geral da transferência, Ignatz conseguiu fugir e escondeu-se na casa da sra. Jakubisiak, mas não pôde permanecer ali por muito tempo. Muitas pessoas sabiam que ele era judeu. A senhora polonesa lhe apresentou um amigo, o sapateiro Wisniewski, que também vivia na rua Mizewska e o aceitou como ajudante.

Conforme o *Pessach* se aproximava, Ignatz decidiu se aproximar do tio para passar o *seder* com ele. No dia 17 de abril de 1943, ele entrou no gueto com um grupo de trabalhadores judeus. A ameaça de liquidação já pesava sobre os judeus que haviam restado, e todos se preparavam para a luta. Touro ajudou o tio a construir um bunker e a ligá-lo à casa vizinha por meio de um túnel. Dois dias depois, na noite do *seder* de *Pessach*, irrompeu o levante do gueto de Varsóvia. Ignatz se juntou aos combatentes. Quando a munição acabou, escondeu-se com seu grupo no bunker. Mas os alemães incendiaram a casa, obrigando-os a deixar o esconderijo. Preso e levado para o *Umshlagplatz*, Ignatz foi transportado num trem com outros judeus em direção a Poniatow.

No trem, conheceu Kazik, um garoto de Paris, de treze anos, e os dois resolveram fugir juntos. A oportunidade surgiu em Nalenczow, durante a baldeação para um trem menor. Porém, Kazik não teve sorte: os alemães o pegaram e o levaram de volta para o vagão. Ignatz, por sua vez, conseguiu fugir e, percorrendo apenas estradas pequenas e desertas, chegou a Pulawy, de onde voltou a Varsóvia num trem. Foi para Grochow, à casa do sr. Wisniewski, e voltou a bater pregos em sapatos velhos e chinelos.

Em meados de maio, Ignatz foi abordado no bonde por um

homem. Instantaneamente, suas pernas falharam de medo, mas o perigo logo se dissolveu quando ele reconheceu o sr. Idzikowski, com quem negociara quando trabalhava na Omnium. O polonês se interessou por sua história e prometeu ajudá-lo. Ignatz disse que precisava de um documento, sem o qual era difícil se virar nas frequentes batidas na cidade. Uma semana depois, Idzikowski lhe trouxe uma carteira de estudante falsa.

No começo de junho houve rumores de um bloqueio: revistariam as casas para encontrar judeus escondidos. O pânico se espalhou. O sr. Wisniewski teve medo de escondê-lo. Ignatz pediu então ajuda para Idzikowski, que, apesar do perigo, empregou-o como entregador de encomendas em Michalin, na periferia de Varsóvia.

— Lembre-se: em caso de problemas, você deve dizer que respondeu a um anúncio meu.

Uma pequena inverdade a mais no oceano de mentiras indispensáveis para salvar sua vida não seria um problema. De dia Touro fazia várias entregas e à noite tomava conta da loja, dormindo numa cama de campanha.

Um dia, quando foi a Varsóvia fazer compras, Touro estava atravessando a praça Szembek quando ouviu de repente:

— Ei, judeu, passa o dinheiro!

Olhando para trás, viu dois *shmalzers* que lhe pareceram conhecidos.

— Vamos logo. Não está vendo que vêm vindo soldados? Se não der o dinheiro, vamos entregá-lo – ameaçaram.

Ignatz olhou ao redor: de fato, um soldado se aproximava. Pôs-se a correr e os *shmalzers* foram atrás dele.

— Peguem o judeu! – gritavam.

O rapaz corria a toda velocidade, derrubando o pacote que carregava. Já estava perdendo as energias quando viu passar o trem para o subúrbio de Karczew. Sem nada a perder, pulou para dentro do trem em movimento. Bateu na quina de um degrau e caiu no chão do vagão. A dor era enorme, a perna sangrava. Temendo que o perseguissem, desceu na estação seguinte com a ajuda dos passageiros, que não tinham percebido o que acontecera. Apoiado num pau, arrastou-se até a estação de Wawer. Mal podendo se manter de pé, parou uma carroça, que o levou à casa do sapateiro. Wisniewski quis recebê-lo, mas sua mulher se assustou com a aparência lamentável do rapaz e se recusou categoricamente a deixá-lo entrar. Ignatz pediu que tivessem pena dele. Sabia que se não o recebessem, estaria perdido. Afinal, a opinião do sapateiro prevaleceu: esconderam o jovem no sótão, onde ele passou dois dias com dores horríveis. Pediu para ser examinado por um médico, mas Wisniewski estava com medo de mostrá-lo a qualquer pessoa. Não aguentando as dores, Ignatz implorou que o levassem a uma médica sua conhecida.

O sapateiro alugou uma carroça e o levou até o consultório, na rua Sosnowa. Ao ver de quem se tratava, a médica fechou a porta. Ignatz olhou ao redor e viu que Wisniewski havia desaparecido. Estava sozinho. Só lhe restando insistir, reuniu todas as forças e bateu novamente. A doutora desculpou-se, dizendo que não tinha como atendê-lo, pois poderiam denunciá-la por cuidar de judeus. Como o rapaz repetiu que não tinha outra saída, ela afinal o deixou entrar.

Ignatz rompera o osso da perna esquerda e tinha um ferimento profundo no tornozelo. A doutora fez-lhe uma bandagem e uma atadura provisória na perna. No dia seguinte engessou-a. O ferimento infeccionado latejava muito e todo dia ela lhe trocava o curativo. Ninguém mais sabia da presença de Ignatz no sanatório.

Uma semana depois, veio ao consultório da médica o comandante da OPL (Defesa Aérea Civil), acusando-a de esconder judeus. Como ela negasse, o comandante quis revistar o sanatório, mas ela não permitiu. Ele foi embora, prometendo voltar com um policial. O pânico se apoderou de todos: as pessoas corriam de um quarto para outro. Na realidade, havia mais judeus no sanatório. Todos precisaram fugir naquela madrugada.

Ignatz agradeceu pela ajuda e foi embora. Mal podendo se manter sobre as pernas, foi de bonde à casa do sapateiro. Permaneceu ali por três dias e depois voltou para a loja em Michalin.

Ao vê-lo, os Idzikowskis se surpreenderam como se estivessem diante de um fantasma. Fizeram-lhe um curativo e permitiram que ficasse em sua casa mais alguns dias – porém a cama de campanha e o emprego na loja já estavam ocupados por outro entregador.

Ignatz voltou para Varsóvia à procura de trabalho, mas não sabia por onde começar. Perambulava pelo mercado Rozycki quando avistou de longe os vendedores de cigarros. Teresa estava parada perto de uma barraca comprando a mercadoria, enquanto Coxo contava o dinheiro. De repente, Coxo sentiu que alguém o tocava de leve e, olhando cuidadosamente para os lados, viu Touro, o protetor deles na fábrica Omnium. Emocionada, Teresa deixou cair um maço de cigarros, e Coxo caiu em prantos. Os garotos se abraçavam enquanto as pessoas olhavam curiosas. Eles apresentaram Touro a Stasick, que estava com eles, e foram até a escada de uma casa.

— Que fazem aqui, como têm se virado? – perguntou Touro.

— Vendemos cigarros na praça Três Cruzes. Agora somos mais, Bolus também está com a gente.

— Bolus? – repetiu Touro com carinho.

— Venha até a praça ver você mesmo! – sugeriu Coxo.

Tomaram o bonde P, que atravessava a praça, e tiveram sorte: entre as cadeiras do trem estavam Bolus e sua amiguinha. Ele usava a mesma pelerine rasgada, amarrada com um cordão, a menina estava um pouco mais bem vestida. Os dois cantavam. Touro olhou para Bolus e seus olhos brilharam de alegria. Quis aproximar-se dele, mas Teresa o conteve:

— Desça do bonde e fique esperando na rua. Deixe que eu falo com ele.

Ela foi até o pequeno:

— Touro está aqui, aquele da *placowka* da rua Chmielna.

Deixando a sócia, Bolus pulou do bonde e se atirou nos braços do amigo.

— Onde você esteve esse tempo todo? – ele quase chorava de emoção. — Você vai ficar com a gente na praça?

— Sim, sim, vou ficar. Vou trabalhar com vocês – prometeu Touro.

A volta de Touro à praça marcou o começo de uma nova era na vida das crianças. Lembravam-se bem dele na *placowka,* onde os ajudara. Ele tinha um espírito de liderança nato. Aos olhos das crianças, ele era um adulto, e realmente Touro se tornou o guia delas.

Touro, o cabeça do grupo, 1944.

11. No sótão da Vovó

Almoçavam todos na cantina da RGO. Ao anoitecer, iam dormir na rua Krucza, na casa da Vovó, que encostava uma escada ao sótão para eles subirem. Sua filha, como de costume, recebia um *zlote* de cada criança para os "comprimidos para dor de cabeça", como ela dizia.

As crianças deitavam-se sobre panos, mas as pulgas e percevejos não as deixavam descansar. Ainda assim, era um bom refúgio. Eles estavam aquecidos, e o risco de serem descobertos era pequeno.

Certa vez, pela manhã veio à casa da Vovó o policial do bairro, para controlar o livro de advertências. Inspecionou a casa inteira:

— Quem são essas crianças lá no alto?

São meus netinhos, seu guarda.

O policial fez o controle do livro e anotou alguma coisa.

— Acho bom manter a rua limpa, senão vou multar a senhora – falou, ao sair.

Assustadas com a visita inesperada, as crianças saltaram depressa da cama. Em meia hora o grupo já estava no mercado Rozycki: compraram cigarros, tomaram café da manhã e foram à praça.

Alguns dias depois, pela tarde, eles encontraram outro menino judeu. Ele tinha uma aparência tipicamente ariana, com os cabelos loiros caindo-lhe sobre os olhos. Naquele mesmo dia, o garoto havia perdido seu abrigo e estava vagando pelas ruas à procura de um novo lugar, quando Touro o viu e perguntou hesitante:

— Ele é um dos nossos?

— Sim, eu o conheço – respondeu com segurança uma das crianças.

A princípio, os vendedores de cigarros que o circundavam se recusaram a acreditar.

Uma hora depois, o garoto, que dizia chamar-se Jurek, andava com os demais pela rua Krucza em direção à casa da Vovó. Como já estavam acostumadas, as crianças subiram ao sótão.

— Quando você escapou do *jardim*? – perguntou Coxo, usando uma gíria para se referir ao gueto.

Antes mesmo que Jurek pudesse responder, Bolus o interrompeu com uma pergunta repentina:

— Você por acaso é de Nowolipie?

— Lá vem ele com essa história de Nowolipie de novo. Bolus, sente-se e preste atenção em como os adultos conversam – repreendeu-o Touro.

Bolus se encolheu num canto, sentindo-se ofendido, e se cobriu com seu pequeno casaco de pelerine.

— No começo da guerra – começou Jurek – nossa família foi parar no gueto local de Otwock. Eu contrabandeava comida para Varsóvia. Também levava cartas entre Otwock e Varsóvia. Tudo corria bem e eu ganhava um trocado para sustentar a família.

— Oh, que coisa rara! – zombaram as crianças.

— Todos nós fomos obrigados a fazer a mesma coisa – acrescentou um deles. — Diga o que aconteceu depois.

O menino contou sua história, e os vendedores de cigarros ouviram atentamente. Quando houve a ação no gueto de Otwock, em agosto de 1942, seus pais o mandaram fugir.

— Você deve se salvar para levar o nome da família adiante – disse-lhe o pai.

Jurek fugiu na hora certa e foi encontrar amigos poloneses em Varsóvia.

Um dia, ele descobriu que havia judeus do gueto trabalhando na rua Narbutt. Passou a receber alguma comida dos trabalhadores, e de tempos em tempos os acompanhava até o gueto. Lá, ele encontrou um conhecido de Otwock, o dr. Levy, que trabalhava para a Resistência. Jurek, que tinha conseguido um abrigo do lado ariano, tornou-se seu mensageiro. Além disso, Jurek recebia grandes somas de dinheiro para comprar armas. Pela manhã, ele passava para o lado ariano com os trabalhadores judeus e ia buscar as armas em lugares indicados pelo dr. Levy. Punha dois ou três revólveres numa mochila e os levava até o nº 6 da rua Meranowska, onde os entregava a um guardião. De lá, outro intermediário as levava até o gueto por meio de um túnel que conectava aquele ponto com o nº 7 na mesma rua. À tarde, Jurek voltava para o gueto com os trabalhadores judeus.

Durante o levante, os homens do dr. Levy saíam de noite pelas ruínas da rua Nalewki e atacavam os alemães. Jurek participou ativamente desses combates. No final de maio, quando a situação se tornou insustentável e começaram a faltar munição e mantimentos, os combatentes decidiram mandar Jurek ao lado ariano para examinar as possibilidades de fuga. Depois de longas buscas por uma saída através dos túneis e esgotos, Jurek finalmente encontrou um caminho que atravessava a cidade antiga e fez contato com contrabandistas poloneses. Durante dias, eles iam e vinham pelos encanamentos levando consigo famílias judias e voltando no dia seguinte ao bunker do dr. Levy, no nº 11 da rua Bonifraterska. Um dia, Jurek encontrou apenas três pessoas – as demais, entre elas o dr. Levy, haviam partido algumas horas antes para o lado ariano com a ajuda de um funcionário dos esgotos. Um dos três que sobraram partiu com Jurek, enquanto os outros dois se recusaram a segui-los.

Do lado de fora do gueto, Jurek enfrentou dificuldades para se manter. Em suas perambulações pela cidade, encontrou alguns condutores de carroça que costumavam levar passageiros entre a praça do Palácio e a estação de trem Gdansky e juntou-se a eles. Em uma dessas corridas, encontrou Wladek, um amigo de antes da guerra que agora vendia cigarros no bonde próximo ao parque Saski.

— Você tem onde dormir? – perguntou Jurek.

Wladek não tinha abrigo, mas escutara que no hotel Polski, no nº 29 da rua Dluga, havia alguns judeus que aguardavam para ir para o exterior. Os dois meninos decidiram visitar o hotel e ver se encontravam onde dormir.

No pátio do hotel havia centenas de judeus. Era uma visão inacreditável, já que Varsóvia era oficialmente *Judenrein*, livre de judeus. Enquanto o fogo ainda ardia nas ruínas do gueto, ali havia judeus expostos à visão de qualquer um, sem a estrela de davi costurada na roupa. Eles esperavam pelo transporte para países neutros – ou assim acreditavam – e se gabavam de ter passaportes estrangeiros, comprados a preços altos.

Jurek e Wladek não tinham dinheiro para uma diária do hotel ou para a viagem, então eles se aproximaram do ex-gerente do estabelecimento, o sr. Gozik, e lhe pediram ajuda. Ele os desencorajou enfaticamente a viajar e deu quinhentos *zlotes* a cada um deles.

— Não querem nos ajudar porque não temos dinheiro – lamentavam-se as crianças. Mal sabiam eles que o hotel era um ardil. Muitos dos que estavam escondidos no lado ariano haviam sido enganados pelos alemães e levados até ali. Aqueles que se voluntariavam para partir para o exterior eram na realidade conduzidos para campos de concentração.

Assim, os dois garotos começaram a vender cigarros nos bondes da linha Otwock-Zyrandow. O pequeno negócio ia bem, apesar de eles serem constantemente parados pela polícia, que, sem se dar conta de que eram judeus, confiscava sua mercadoria. Mas o principal problema era encontrar onde dormir. Wladek reencontrou uma conhecida polonesa que o deixou passar um tempo no abrigo onde criava coelhos. Depois, ocorreu a Jurek o cemitério judaico da rua Okopowa. Ele já tinha trabalhado ali e conhecia bem a região. No entanto, acabou escolhendo o cemitério católico em Powaski, que lhe pareceu mais seguro. Escolheu o jazigo de um comerciante conhecido, da família Herse. O espaço entre a parede arredondada e o caixão lhe pareceu até que confortável. Pelo menos era melhor do que um porão mofado ou as ruínas.

A primeira noite que passou ali foi aterrorizante. As árvores pareciam gigantescas, o vento nas folhas tocava uma música infernal. As cruzes dos túmulos pareciam esqueletos e o som agudo dos morcegos gelava o sangue em suas veias. Tremendo de medo e banhado em suor, ele se deu conta de que era vítima da própria imaginação, mas não conseguia se controlar. Com muito esforço, fechou os olhos e cobriu o rosto com o casaco, mas isso não ajudou. Ele não podia sair dali antes do amanhecer, mas pretendia fugir assim que acabasse o toque de recolher.

A luz do sol chegou trazendo paz e silêncio. Ao longo do dia, ele procurou outro abrigo desesperadamente, sem sucesso. Quando o toque de recolher se aproximava de novo, voltou ao cemitério. Acabou retornando diariamente. De manhã, Jurek engatinhava para fora do jazigo, lavava-se num barril de água, pulava o muro e ia para a cidade. Ele comprava um estoque de cigarros e tomava o trem, onde os vendia. Durante o dia, Wladek e ele trabalhavam cada um numa área. Ao meio-dia, encontravam-se na cantina para almoçar. Após um tempo, Wladek, forçado a deixar seu abrigo por ter sido notado por um vizinho, passou a dormir no jazigo com ele.

Um dia, Wladek levantou-se para ir à cidade, enquanto Jurek continuava dormindo, esgotado. Acordou com uma pessoa que trocava as flores do túmulo, provavelmente membros da família do defunto. Sem refletir, Jurek pulou para fora do buraco e correu para o muro do cemitério. Sua aparição repentina assustou as pessoas. Alguns desmaiaram, enquanto outros gritaram, chamando pelo segurança. O esconderijo estava arruinado.

De noite, incapazes de encontrar outro abrigo, os dois meninos voltaram para o cemitério. Abrigaram-se em outro jazigo, da família Kuczynski, e, empurrando a pedra que encobria o túmulo, jogaram-se ali dentro. Infelizmente, a polícia, prevenida pela família que Jurek assustara, vigiava o local. Quando os meninos saíram do túmulo no dia seguinte, viram-se cara a cara com os guardas, que os esperavam, escondidos atrás das árvores. Vendo-se cercados, eles dispararam em direção ao muro com a polícia em seu encalço, saltando obstáculos e atirando-se dentro do trem em movimento. Depois desse incidente, nunca mais voltaram ao cemitério.

Foi nessa época que Jurek conheceu os vendedores de cigarros da praça Três Cruzes. Após alguns dias perambulando, Wladek encontrou um amigo polonês que o deixou dormir na sua casa, e alguns dias mais tarde Jurek juntou-se a ele. Os dois amigos iam com frequência à praça para ver como estavam os outros, e numa dessas visitas descobriram que as crianças haviam sido expulsas de seu abrigo. O pequeno Bolus fora a causa do desastre. Ele fora surpreendido pela Vovó enquanto fazia xixi e ela descobrira desse modo que ele era judeu!

O menino tentou em vão negar.

— Então todos vocês devem ser judeus. Fora! Saiam daqui! – ela gritava furiosa.

Ninguém se mexeu. Sua filha, que não batia bem, continuou brincando com seu coelho e não deu atenção ao que acontecia.

— Por que você está gritando conosco? Nós não temos o direito de viver? – perguntou Bolus

— Fora daqui! Vocês mentiram para mim. Deviam ter me dito desde o início.

— Mas, Vovó, nós não temos para onde ir! – suplicou Teresa.

— Não me importa. Fora!

— Nós não tínhamos a intenção de mentir, mas não tivemos a oportunidade de contar – explicou Coxo.

— Dê-lhe algum dinheiro, talvez a acalme – sugeriu Touro. Coxo lhe estendeu dez *zlotes*. A senhora se virou de costas para as crianças e examinou o dinheiro.

— Não, vão para onde quiserem, não quero vocês aqui, alguém pode me denunciar – disse a velha.

— Vovó, ninguém vai contar nada, e se alguém falar o que não deve, a gente acaba com ele – disse Coxo, espantado com suas próprias palavras.

A velha, abismada, olhou para as crianças:

— Que quer dizer acabar?

— Sim, Vovó, judeus com revólveres andam pela cidade e acabam com quem denuncia. Eles têm até atiradores – acrescentou maliciosamente.

— Queridas crianças, eu não posso, tenho medo. A polícia já perguntou sobre vocês.

— Mas, Vovó, já é tarde e a gente não tem para onde ir – pediu novamente Teresa.

Ela pensou por um instante.

— Está bem, hoje vocês podem ficar, mas amanhã têm de procurar outro lugar. Agora vão dormir – disse a velha.

No dia seguinte, as crianças dormiram nos escombros de uma casa incendiada. Passaram-se alguns dias e começaram as chuvas, o frio castigava. Era impossível continuar se escondendo à noite em ruínas. As crianças resolveram novamente tentar a sorte na casa da Vovó.

— Vocês de novo? – perguntou a velha, inquieta.

— A gente não tem onde dormir. Deixe a gente entrar, só por uns dias. Logo a guerra vai acabar – pediu Teresa em nome de todos.

— Os russos já estão perto – acrescentou Coxo. — Quando eles chegarem, a Vovó vai ganhar por isso uma boa recompensa.

— Estou com frio – repetia o pequeno Bolus, soprando nas mãos, roxas.

— Vamos pagar cinco *zlotes* por cabeça – disse Coxo em tom sério.

— Cinco *zlotes,* cinco *zlotes* – resmungou a velha com voz fanhosa. Virou-se para a filha, que estava entretida ensinando o coelho a dançar.

— Vão dar cinco *zlotes* por cabeça.

— Quem? – gritou a menina, assustada. Mas rapidamente, entendendo a situação, ela correu até a escada. Desconfiada, olhou para as crianças e estendeu a mão.

— Vamos ver, *zlotes* para comprimidos – dirigiu-se a Bolus, o mais próximo dela.

O menino jogou-lhe um *zlote* e rápido subiu para o sótão. Teresa, Stasiek e Coxo fizeram o mesmo.

— O que é isso? E o meu dinheiro?! Desçam já daí! – gritava a Vovó.

Coxo juntou cinco *zlotes* de cada um e levou para baixo. A velha examinou o dinheiro, guardando no bolso.

— Vão dormir, azarados, e não façam barulho para ninguém ouvir. Ai, meu Deus! – disse fungando com pena daqueles pequenos inquilinos que não queriam largá-la.

Ajoelhou-se diante da imagem da Virgem Maria e, antes de se deitar, rezou por mais tempo do que de costume.

De manhã, as crianças, como sempre, foram ao mercado Rozycki. Touro, que fazia uma semana que não aparecia, já os esperava diante do portão. Contaram-lhe a última preocupação e como haviam se entendido com a Vovó. De tarde, Bolus os encontrou na praça. Ele arfava e pulava de alegria.

— O que aconteceu? – perguntou Touro surpreso.

O pequeno não conseguia dizer uma palavra, a língua se enrolara e lhe faltava ar.

— Então, conte o que aconteceu – intrometeu-se a curiosa Teresa.

— Deixa ele respirar primeiro! – interrompeu-a Touro.

Bolus respirou e contou direitinho:

— Embaixo da ponte, na Solec, encontrei um dos nossos de Saska Kepa. Eles também são quatro. Combinei com eles para amanhã ao meio-dia.

Após uma reunião rápida com Teresa e Coxo, Touro resolveu ir ao encontro dos quatro.

Wladek, 1944.

12. O quarteto de Saska Kepa

Após a ação de agosto de 1942, os irmãos Pawel e Zenek ficaram sozinhos. Depois de se livrarem algumas vezes dos bloqueios no gueto, os garotos resolveram ir para o lado ariano. Conseguiram escapar com os operários da *placowka*. Durante muitos dias andaram pela cidade cantando em pátios e assim ganhavam alguma coisa para sobreviver. Com a comida davam um jeito, o pior era para dormir. Toda noite tinham um problema: onde ficar?

Uma noite, quando estavam encolhidos de frio no sótão de uma casa, na esquina de Saska Kepa com a avenida Washington, um inquilino ouviu um barulho suspeito e avisou o zelador. Subindo no sótão com uma lâmpada na mão, o zelador iluminou os meninos bem nos olhos. Acordaram assustados.

— O que estão fazendo aqui?

— Somos do asilo Polus, nós nos atrasamos para dormir lá – responderam baixo.

— Vocês vieram é para roubar, não me enganam – ameaçou-os o zelador com um pau.

Zenek escorregou pelo corrimão da escada e Pawel o imitou. Correram depressa até o portão, que estava fechado. O zelador, perseguindo-os, deu-lhes boas pauladas. Correram até uma cerca de madeira e tentaram escalá-la: Zenek ajudava o irmão mais velho, que era mais fraco.

— Ladrõezinhos, vão se lembrar de mim! – gritava o zelador,

mas, antes que os alcançasse, eles pularam a cerca e se jogaram num terreno onde havia um campo de centeio. Aí acabaram dormindo até de manhã. Eles pretendiam sair ao amanhecer sem ser notados, mas por azar um grupo de operários estava consertando a ponte na avenida Washington. Os meninos não sabiam quem eles eram e imaginaram que estavam atrás deles. Em sua angústia, viam em qualquer pessoa um espião disposto a entregá-los aos soldados.

— Temos que nos separar – sugeriu Pawel. – Você vai para o lado de Saska Kepa e eu, para Grochow. Talvez pelo menos um se salve...

Saíram do campo e correram cada um em uma direção. Os operários olharam admirados, não entendendo por que os garotos corriam. Uma hora depois, os irmãos se encontraram nos terrenos entre Saska Kepa e Grochow.

— Ninguém me seguiu – começou Zenek, procurando sorrir. Seu orgulho o impedia de demonstrar que tinha sentido medo.

— Olhei para os lados e, como não vi ninguém, pensei que estavam atrás de você – disse Pawel.

— O que importa é que nós dois nos safamos – interrompeu-o Zenek. — Agora a gente tem que arranjar algum dinheiro.

Entraram num pátio e começaram a cantar. De algumas janelas jogaram moedas embrulhadas em papel.

— Já temos dez *zlotes* – disse Zenek, animado, quando foram para a rua.

Iam entrando pelo portão vizinho quando avistaram no meio do pátio dois meninos cantando. Após um rápido diálogo, perceberam que eram judeus. Um deles era Dentinho, o outro, seu irmão de nove anos.

— Ficamos sozinhos – contou Dentinho. — Nossos pais morreram de tifo, nossa irmã foi levada para Treblinka. É por isso que cantamos nos pátios. Meu irmão dorme na casa de um polonês, na rua Grochowska. Quanto a mim, não tenho onde dormir, então pulo a cerca do parque Skaryszewski e subo no coreto da orquestra, onde durmo nas cadeiras dos músicos.

— Também ficamos sozinhos, dormimos em um sótão. Ontem à noite um zelador pegou a gente. Olha! – E Pawel mostrou nos braços as marcas das pauladas e o galo na cabeça.

— Aqui em Saska Kepa está mais um dos nossos – disse Dentinho. — Venham, vamos encontrar com ele.

No fim da rua Francuska, algumas mulheres trabalhavam numa horta. Um garoto de treze anos, de aparência tipicamente ariana, as ajudava carregando dois baldes com água.

— Zbyszek! – chamou-o Dentinho.

O menino largou os baldes e, pulando uma cerca baixa, correu na direção dos garotos que chegavam. Descalço, tinha as calças e a camisa rasgadas, seu rosto estava arranhado como se tivesse acabado de brigar com alguém.

— Que você quer? – perguntou, de modo rude. — E quem são esses? – apontou com o dedo para Pawel e Zenek.

— Eles são dos nossos. Nos encontramos hoje – esclareceu Dentinho.

— Se é assim, toca aqui! – Zbyszek estendeu a mão.

— De que rua você é? – perguntou Zenek.

— Da Ostrowska.

— E quando fugiu de lá? – indagou Pawel, curioso.

— Faz tempo. Minha família inteira morreu em 1941, eu me arrasto por aí. Às vezes consigo pegar alguma coisa, eu dou um jeito. Anteontem, uns moleques queriam me atazanar: dei na cara de um, que abriu o berreiro; no outro meti o pé, ele se torceu todo e fugiu; o terceiro me pediu para não bater nele, dei-lhe uma esfolada na tromba e ele foi embora. Comigo ninguém brinca! – gabou-se Zbyszek. Em seguida, se dirigiu a Dentinho:

— Uma senhora me disse que tem uns judeus trabalhando na rua Grochowska.

— Então vamos até lá! – sugeriu Pawel.

— Sim, mas espera. Vou pedir para minha velha o dinheiro pelo serviço.

Zbyszek foi até a polonesa no jardim, que lhe deu cinco *zlotes*. Ele fechou a cara:

— É muito pouco. O que a senhora pensa? Trabalhei o dia inteiro como um burro.

A mulher lhe deu mais cinco *zlotes* e ele foi com os outros meninos à rua Grochowska. Lá um grupo de judeus consertava os trilhos dos bondes. Os garotos compraram alguns pedaços de pão e deram para os trabalhadores; em troca, receberam deles várias coisas para vender: camisas, roupas de baixo e fronhas. Os trabalhadores retornavam ao gueto todo dia, e retornavam sempre com um novo lote de roupas velhas, que os meninos vendiam. Assim continuaram por seis meses.

Zenek e Dentinho estavam no gueto de Varsóvia quando ali se iniciou o levante. Zenek se escondeu num sótão. Quando os alemães revistaram o gueto, levaram o garoto com outras pessoas para o *Umshlagplatz*. Ainda conseguiu esconder-se ali durante três dias, no prédio de um hospital. Procurava algum buraco através do qual pudesse escapar, mas tudo estava cercado e vigiado. Então só lhe restou juntar-se a um grupo que estava sendo levado para os vagões, pensando que talvez conseguisse fugir no caminho.

Do *Umshlagplatz* o trem foi à estação de Dantzig. Zenek não pensou muito: rompeu o arame farpado da janelinha do trem e pulou sem ser visto. Depois pegou uma tábua e seguiu adiante com ela ao ombro, fingindo-se de operário. Não longe dali, rapazes poloneses roubavam carvão. Ao verem Zenek, correram até ele reclamando:

— O que está fazendo aqui? – gritou um sujeito baixo. — Se voltar outra vez, vamos te quebrar as pernas.

Deram-lhe uns socos e um pontapé e se foram. Feliz por não

ter sido reconhecido, Zenek jogou fora a madeira e atravessou os trilhos em direção à rua Konarski. Pulou dentro de um bonde e foi para Saska Kepa, onde se encontrou com Pawel e Zbyszek.

— Como você fugiu? – indagou Zbyszek. — Pensamos que você já era.

Muito suado, Zenek sentou-se sobre a grama e contou toda a história.

— E onde está Dentinho?

— Ficou no gueto.

— Ele não conseguirá escapar, vai sair "pela chaminé" como os outros – acrescentou Zbyszek.

Enquanto isso, Dentinho estava escondido num bunker na rua Mila, onde foi descoberto no dia seguinte, por um grupo de combatentes que tivera de deixar seu posto por causa dos incêndios. Dias depois, os alemães também incendiaram a casa onde estava o bunker e eles tiveram que fugir novamente.

À noite umas vinte pessoas foram se esgueirando entre as casas incendiadas, ao som dos tiros de metralhadoras, através de ruas repletas de plumas esvoaçantes, roupas e outros pertences espalhados. Quando chegaram à entrada de um canal de esgoto, entraram rapidamente e fecharam o alçapão sobre suas cabeças, passando um dia inteiro ali, afundados até os joelhos na água suja, enquanto, acima deles, os tiros continuavam.

Como muitos antes deles, resolveram sair para o lado ariano através dos canais. Dentinho ia à frente com uma vela. Erraram pelos canais por bastante tempo sem encontrar nenhuma saída. Várias vezes depararam com um alçapão, mas percebiam que ele levava ao gueto pelas penas entre suas frestas. Quando viram quc estavam andando em círculos, resolveram sinalizar o caminho colando folhas de papel nas paredes do canal.

Depois de três dias de um vaguear medonho, encontraram cinco judeus, entre os quais duas mulheres, que também tentavam escapar daquele labirinto. Unindo-se a eles, continuaram a busca por uma saída, sempre em vão. No quinto dia, depararam com dois poloneses da canalização, que, ao preço de mil *zlotes* por pessoa, levaram os judeus para Lucka, no final da rua Targowa.

O alçapão se abriu, e eles saíram do canal um depois do outro. Os poloneses não quiseram ajudar Dentinho porque ele não tinha dinheiro, mas ele conseguiu escapar por entre as pernas deles e chegar à rua. No banheiro de uma casa vizinha, encontrou um jornal que usou para limpar o rosto imundo e tirar a sujeira das calças. Com as últimas forças foi correndo encontrar o irmão na rua Grochow, mas já era tarde: soube que dois dias antes o menino tinha sido pego por policiais fardados. Todas as pistas dele tinham desaparecido.

Chorando, faminto e mal podendo andar, Dentinho se arrastou para Saska Kepa. Lá, entre barracas, caiu num sono profundo, mas a friagem da manhã o acordou. Foi até um poço, tirou o casaco rasgado e a camisa, lavando-se. Depois da sujeira e do fedor dos esgotos, a água fria lhe parecia uma verdadeira bênção. Uma hora depois estava com Zbyszek, Pawel e Zenek.

— Você está vivo? Pensei que o diabo tinha te levado! – recebeu-o Zbyszek, batendo-lhe nas costas.

Dentinho olhou feio para ele e nada respondeu. Pawel e Zenek ficaram chateados com Zbyszek e como protesto deram para Dentinho o pão que haviam reservado para comer com o café. Zbyszek se envergonhou, tirou do bolso um pedaço de salsicha, que Dentinho engoliu num minuto. Em seguida, como bons amigos, foram os quatro para as hortas, onde até a hora do almoço ajudavam no serviço.

Pawel tinha encontrado um trabalho perto do parque Skaryszewski. Ele tinha clientes que ajudava a carregar água e a colher cenouras dos canteiros. O vigia das hortas, com pena da pobreza do garoto, sugeriu-lhe que tomasse conta do local à noite por cem *zlotes* mensais. Pawel concordou feliz. Passou a dormir num barraco de madeira onde eram guardados os instrumentos da horta. Havia ali uma cama ao lado de uma mesa.

— Você será o responsável por tudo o que está aqui – avisou o vigia.

Pawel apenas aquiesceu com a cabeça.

— Lembre-se, não diga a ninguém que você está vigiando em meu lugar. Se alguém lhe perguntar onde estou, diga que já volto, entendeu?

Pawel balançou novamente a cabeça.

— Você não sabe falar? – gritou o vigia.

Pawel, envergonhado, respondeu depressa:

— Entendi.

O vigia lançou sobre o garoto um olhar como se de repente tivesse compreendido por que ele receava abrir a boca. Por isso, simpatizou com o rapazinho e condoeu-se.

— Venha ao anoitecer, e não se atrase – disse o vigia, indo embora.

Pawel retornou ao encontro dos garotos em Saska Kepa.

— Turma, consegui um abrigo! E que emprego! (fez com os dedos o gesto de contar dinheiro). — Vou ser vigia noturno nas hortas: agora tenho um barraco e vou ganhar cem *zlotes* mensais.

Os garotos não quiseram acreditar:

— Ah, conta outra! – disse Dentinho.

— Ele encontrou um buraco no chão e chama isso de abrigo... – zombou Zenek.

— Se o abrigo é assim tão bom, será que posso dormir lá também? – perguntou Zbyszek inesperadamente.

Pawel desconversou:

— Ainda não sei como vai ser. O vigia me mandou voltar ao anoitecer. Talvez ele se arrependa... – Depois justificou: — Hoje vou ver como vai ser, amanhã você pode ir.

— Peguei esse daí, viram? Ele já está voltando atrás como um caranguejo – triunfou Zbyszek.

— Blefador! – acrescentou Dentinho.

Os garotos se separaram, Pawel foi procurar o vigia nas hortas.

— Que bom que você já veio, aqui estão as chaves. Cuide de tudo – avisou ele.

Durante uma hora Pawel andou por entre os canteiros, arrancando algumas cenouras, que descascava com sua faca de bolso. Depois deitou-se, fazia tempo que não dormia numa cama tão confortável, e adormeceu como uma pedra. De manhã cedinho, quando o vigia chegou, bateu na porta várias vezes, sem resultado. Pawel, exausto, dormia a sono solto. Sem saber o que fazer o vigia começou a chutar a porta. Foi então que Pawel pulou da cama e, assustado, abriu para ele. O vigia entrou, olhou dentro do cubículo e, como encontrou tudo no lugar, ficou contente.

— Você dormiu bem, azarado?

— Bem! – sorriu Pawel, ainda sonolento.

— Lave os olhos, ali está um balde com água. Venha hoje mais cedo.

Pawel lavou o rosto rápido e foi ao encontro dos amigos em Saska Kepa.

— Então, como é o teu "abrigo"? – Zbyszek voltou à carga.

Os meninos foram trabalhar nas hortas. Zbyszek e Pawel carregavam água para regar as flores e as verduras. Zenek revolvia a terra, Dentinho consertava as cercas. Na hora do almoço a senhora polonesa Leokadia Pycek, zeladora na rua Radziwillowska, nº 3, convidou-os para tomar uma sopa. Em seguida voltaram juntos ao trabalho. Ao entardecer, Pawel pegou as chaves com o vigia e foi para o barraco, limpou os instrumentos e os guardou no cubículo.

Quando anoiteceu, Zbyszek chegou. Depois de olhar em volta, pulou a cerca. Em redor o silêncio era total. Correu então ao barraco e bateu na porta. Pawel abriu.

— Realmente é muito bom! – aprovou o convidado.

— Viu? Eu não blefei – disse Pawel, contente.

Desde então, toda noite Zbyszek ia para o barraco de Pawel.

Certa vez, os dois garotos foram à casa de um sapateiro que Pawel conhecia desde antes da guerra. O polonês lhes ofereceu chá, quando de repente apareceu um guarda polonês da ferrovia. O ajudante do sapateiro falou-lhe ao ouvido que os rapazes eram judeus. O guarda chamou Pawel e Zbyszek para a rua.

— Podem confessar, não vou fazer nada contra vocês. Eu mesmo escondi uma senhora judia e depois arranjei trabalho para ela na casa de um camponês. Vou fazer o mesmo para vocês.

Os garotos, muito assustados, ficaram paralisados.

— Não tenham medo, não vai acontecer nada com vocês. Venham à minha casa, vou arranjar alguma coisa para vocês comerem – convenceu-os.

Os dois acabaram por confiar no alemão e o seguiram à rua Targowa. Porém, como a mulher dele estava adoentada, ele sugeriu que fossem à casa de um camponês seu conhecido. Foram de bonde à estação ferroviária. Não pressentindo nenhum mal, os garotos entraram na estação com ele; mas em vez de dirigi-los para o trem, o alemão os agarrou pelos ombros levando-os para o vagão da polícia. Era impossível fugir.

— *Das sind zwei Juden* [são dois judeus] – o alemão informou ao comandante da guarda.

Pawel e Zbyszek, petrificados, pensaram que esse era o fim.

— Senhor comandante, *mich nicht Jude* [eu não judeu] – falou Pawel com voz fraca, e começou a dizer rezas cristãs, que quase todas as crianças judias escondidas sabiam. Zbyszek se manteve calado, confiante de que seu rosto tipicamente ariano falava por ele.

O comandante mandou dizer a palavra *Brot*, pois saber alemão era suspeito. Pawel, fingindo que não sabia alemão, disse *Prot*. Isso pareceu convencer o alemão. Ou talvez ele simplesmente não estivesse com vontade de se ocupar da "liquidação" de duas crianças judias denunciadas por um policial local. Mandou-os fugir o mais rápido possível.

Os meninos, salvos por um milagre, pularam para a rua e correram com todas as forças para bem longe da estação. A cada minuto olhavam para trás, para ver se ninguém os perseguia. Chegaram a Saska Kepa cobertos de suor, e logo se deitaram sobre a grama, ofegantes. Calados, procuraram com o olhar os dois amigos, Dentinho e Zenek.

— Com certeza eles já foram dormir – Zbyszek interrompeu o silêncio.

— Preciso ir para o barraco – lembrou Pawel. Levantando-se, limpou o rosto suado, depois fez o mesmo com as calças, usando a manga do casaco, e disse:

— Venha!

E correu em direção ao parque.

Dentinho (à direita) e seu irmão menor, 1943.

Zenek (à esquerda) e Pawel durante a revolta de 1944.

13. O orfanato da rua Wolska

Dentinho e Zenek tinham dificuldade em encontrar um lugar para dormir, mas naquela noite acabaram conseguindo um sótão em Saska Kepa.

— Aqui parece tranquilo – Zenek apontou para um canto, separado por um biombo. Deitaram-se no chão, encolhidos um contra o outro, por causa do frio.

Ao descer de manhã, os garotos deram de cara com o zelador.

— Que fazem aqui? – o homem se surpreendeu. — Certamente roubaram alguma coisa.

— Não, meu senhor, não roubamos nada, só passamos a noite – explicou Zenek.

O zelador os pegou pela gola e os levou para a rua. Os meninos tentavam escapar quando apareceu um policial fardado.

— São ladrõezinhos, peguei os dois em flagrante no sótão – falou o zelador.

— O que roubaram?

— Não roubamos nada, senhor policial, por favor deixe a gente ir.

— Não roubou nada? Está escrito na sua cara que você é ladrão – disse o policial, dando um tapa em Zenek.

— Por que está me batendo? – repetia Zenek.

— Vou levar vocês à delegacia. Logo veremos quem vocês são. – E agarrou os garotos pelas mangas e os levou à delegacia.

Quando a porta de ferro se fechou atrás deles, o policial foi falar com o delegado.

— Este é o nosso fim! – falou baixo Dentinho.

A porta se abriu.

— Venham aqui, anjinhos! – disse outro policial.

Zenek entrou primeiro e atrás dele Dentinho.

— Como se chama?

— Zenek Barkowski.

— Quantos anos tem?

— Doze anos.

— Onde mora?

— Em Pludy.

— Ahá! Fugiu de casa?

— Meu pai me batia, então fugi.

— Por que ele te batia?

— Porque ele nos pegou fumando – intrometeu-se Dentinho.

— E o que roubaram daquele sótão? Confessem, e não vou lhes fazer nada.

— Não roubamos nada, só dormimos lá.

— Esperem no corredor – disse por fim o investigador, pegando o telefone.

— Tenho dois clientes para você. A senhora tem um lugar para eles? – perguntou pelo telefone. — Sim? Está bem, vou chamar um policial e logo os garotos estarão aí.

Os meninos se entreolharam: para onde estavam sendo levados?

— Então, venham, carneirinhos inocentes – falou o policial.

— Mas para onde, senhor policial? Por quê? Não roubamos – repetia Dentinho.

— Chega de se explicar. Vem, a gente só morre uma vez – interrompeu Zenek.

Saíram. O policial amarrou as mãos deles com um cordão para não fugirem.

— Eu tenho um canivete. Se ele nos levar para a Gestapo, eu corto o cordão e a gente foge – resmungou Dentinho.

Chegaram a Nowy Swiat.

— Se a gente virar à direita, é o fim da linha – falou baixo Dentinho.

— Senhor policial, a gente está indo para aquela direção? – perguntou Zenek, de repente.

Dentinho conteve a respiração.

— Não, vamos em frente – respondeu o policial.

Os garotos se alegraram. Foram andando pela rua Jerozolimskie e viraram na Zelazna. Ao chegar na Wolska, eles pararam na esquina com a Karolkowa. Ali ficava um prédio de quatro andares em que havia uma placa: ASILO PARA JUDEUS IDOSOS. Entraram. Num pátio espaçoso um grupo de meninos e meninas brincava de pega-pega. Perto estavam sentadas crianças pequenas que com pazinhas cavavam a terra e faziam casinhas de areia. Quando viram os recém-chegados, os meninos largaram o jogo e correram para a entrada, gritando: "Novatos, novatos!". Pulavam em volta deles e de todos os lados começaram a perguntar, puxar, empurrar.

— Se me empurrar de novo, vai ver o que acontece – gritou Zenek, furioso.

— Olhem só para ele! E ainda quer bancar o maioral – as crianças exclamavam em coro, apontando para as mãos de Zenek, amarradas às de Dentinho. Mas assim que o policial os desamarrou, as crianças do internato ficaram com medo e se espalharam em todas as direções.

Uma hora depois, Zenek e Dentinho saíram do banho. Por debaixo dos casacos rasgados e sujos vestiam camisas limpas. Começaram a brincar com as outras crianças, esquecendo o mundo de fora e todo o pavor que tinham sentido. Logo a campainha para o almoço interrompeu os jogos. Todos se sentaram à mesa e após uma curta reza as freiras serviram a sopa. Dentinho comeu rápido e se levantou da mesa, mas uma freira lhe avisou que ainda teriam carne. Surpreso, o garoto olhou para ela e voltou a se sentar. Após o almoço, as crianças correram para fora. Zenek comeu tanto que mal podia se mexer; de contentamento pôs-se a bater na barriga.

— Então, até que é bom aqui, não é? – indagou Dentinho.

— A gente não pode se queixar – respondeu Zenek.

Um grupo de meninos, sentados no jardim junto a mesinhas, fazia a lição de casa. Zenek e Dentinho andavam pelo pátio quando uma freira se aproximou e lhes deu cadernos e lápis.

— Escrevam a história de suas vidas – falou para eles, afastando-se.

— Vamos escrever um bilhete para nossa turma – disse Dentinho. — O que vamos dizer para eles, Zenek? – perguntou baixinho para o amigo.

— "Estamos num internato em Wolska. Aqui é ótimo. Nós brincamos de pega-pega. Pena que vocês não estão aqui" – ditou Zenek.

Dentinho dobrou o papel e no lado de fora escreveu o endereço da sra. Lodzia em Saska Kepa, com um sobrescrito: PARA PAWEL E ZBYSZEK. Os garotos correram com a carta até a cerca, perto da qual estava um gari.

— Senhor, envie este bilhete para minha tia, que mora em Saska Kepa. Ela não sabe onde estamos. Aqui estão cinco *zlotes*.

O gari pegou o bilhete e prometeu mandá-lo.

— Olha, a velha vem vindo – Dentinho deu um empurrão em Zenek.

— E como vão as biografias? – perguntou a freira.

— Ainda não estão prontas – respondeu Dentinho, curvando-se sobre o caderno.

— Como que a gente começa isso? – gemeu Zenek.

— Vamos ver qual de nós dois mente melhor – disse Dentinho

e começou a escrever: "Eu me chamo Jan Jankowski, nasci no campo...". — Em que campo devo escrever? – perguntou, indeciso.

— Não me atrapalhe, escreva o que quiser – irritou-se Zenek.

Dentinho voltou a escrever: "Nasci no campo Wolka perto de..." – ficou pensando um instante. – "Malkinia. Lá com certeza tem um Wolka... no ano...".

— Ei, você, é melhor ser mais velho ou mais novo? – perguntou outra vez para Zenek.

— Não sei. Acho que é melhor ser mais novo.

— Então, que seja em 1933... "Quando fiz sete anos fui para a escola e ajudava meu pai no serviço. Em 1941, meu pai foi morto por bandidos. Levaram minha mãe para a Prússia. Fiquei sozinho." Terminei, só falta assinar.

— Tão depressa? – desconfiou Zenek.

— Para que escrever mais do que isso, se de qualquer forma não dá para contar a verdade? Se eu escrevesse minha história para valer, as freiras iam ficar de cabelo em pé...

— Estou escrevendo toda uma novela – disse Zenek.

— Mostra!

— Não. Quando eu terminar, mostro.

Com um movimento rápido Dentinho arrancou o papel do amigo e fugiu. Zenek o perseguiu.

— Devolve! – pediu.

— Eu te devolvo depois que ler.

Zenek cedeu; sentaram-se à mesinha e Dentinho leu baixinho:

"Eu me chamo Zenon Borkowski. Meu pai era mecânico. Minha mãe era dona de casa. Tenho dois irmãos mais velhos, uma irmã menor e uma avó de 89 anos. Nasci em 1931 em Pludy, perto de Varsóvia. Aos sete anos fui para a escola. Meu irmão mais velho me ajudava nos estudos. Em 1939 uma bomba destruiu nossa casa, tivemos que construí-la de novo. Eu ajudei na construção. Agora temos uma casa bonita".

— Nada mal a sua lorota – falou Dentinho. — Só faltou falar da sua bisavó...

Zenek cantou baixinho a cantiga "Uma avó ariana é coisa importante, se você não tem, o azar é seu...". Os garotos caíram na gargalhada.

Alguns dias se passaram. Dentinho e Zenek brincavam com as outras crianças do orfanato, faziam as lições, progrediam nos estudos. A única preocupação dos dois era o olhar desconfiado de um dos professores, ainda que eles evitassem de todos os modos tomar banho com os outros. Apesar dos seus esforços, ao fim de um mês, começaram as suspeitas de que eles eram judeus.

Começou com implicâncias e observações do professor. Certa vez, ao elogiar o progresso de um deles nos estudos, comentou: "Você tem... um dom para o comércio".

Mais tade, as crianças mais velhas começaram a chamá-los abertamente de "judeus". Quando uma freira os indicava para serviços mais pesados, os garotos viam nisso – talvez erroneamente – um sinal de perseguição.

Um dia, chamaram Zenek e Dentinho para um exame médico.

— Temos de fugir – disse Dentinho para Zenek. — Eles descobriram!

— Meninos, o médico está esperando – avisou uma freira.

— Já vamos, irmã.

Entraram no prédio, mas, em vez de irem para a esquerda, para a sala do doutor, dirigiram-se à saída. Rápidos, atravessaram o corredor e, empurrando a porta, pularam para a rua.

— Meninos, para onde vão? – gritou o porteiro.

— Voltamos logo – responderam, misturando-se na multidão de pedestres.

Quando chegaram a Saska Kepa, Pawel cavava a terra e Zbyszek, sentado num tronco de árvore, assobiava uma cantiga.

— Vejam só, estes são os órfãos do internato! Como é, acabaram-se os sete anos de fartura? – provocou Zbyszek.

— Como passaram lá? – perguntou a sra. Lodzia, regando as flores. Ela sabia da ascendência dos meninos.

— Nada mal! – respondeu Dentinho.

— Pena que não existe outro internato como aquele! – acrescentou Zenek.

14. *Amcho**

* *Amcho*: gente do povo, gente simples. [N.T.]

Numa tarde de setembro de 1943, Pawel, Zbyszek e Zenek andavam pelo campo entre o parque Skaryszewski e a rua Grochowska. De repente, notaram uma sombra que se arrastava sobre a terra.

— Olha lá, está vendo? – murmurou Zenek, apontando para alguma coisa que se mexia no campo.

— É um homem. Está saindo – disse Pawel.

— Deve ser um vagabundo ou um ladrão, mas anda como um judeu – confirmou Zbyszek.

A figura misteriosa se levantou, andou um pouco por ali, afastando-se depois para o lado da avenida Washington.

— Quem pode ser? – desconfiou Pawel.

— Vamos ver – Zbyszek falou e puxou Zenek, que estava indeciso. — Vocês estão com medo do quê, seus covardes? – disse aos dois irmãos.

Zbyszek e Pawel abaixaram-se e foram para o lugar de onde a sombra misteriosa tinha saído.

— Será que dentro tem mais alguém? – perguntou Pawel.

Zbyszek não deu atenção à pergunta e se aproximou. A alguns metros do lugar suspeito, abaixaram-se em busca de algum ruído debaixo da terra, mas nada ouviram. De sob um montinho coberto de musgo aparecia um pedaço de madeira. Afastando-o, acharam um buraco cheio de capim. Num canto do buraco viram um pedaço de pão e uma jarra.

— Alguém se esconde aqui – disse Zbyszek.

— Talvez um judeu – acrescentou Pawel.

— Ou alguém da Resistência? – sugeriu Zenek.

— É um judeu, olha o pão – repetiu Pawel.

— Você está falando bobagem, se fosse judeu já teriam prendido faz tempo – concluiu Zbyszek.

— Eu digo que é um judeu – teimava Pawel.

— Então, vamos ver, vou ficar à espreita dele – terminou Zbyszek a discussão.

— Cobre o buraco como estava antes – disse Zenek.

Pawel cobriu a madeira com musgo, e os garotos voltaram para o bosque, de onde ficaram observando a região. Meia hora se passou e ninguém apareceu. Enquanto isso, começou a chover.

— Chega por hoje! Amanhã a gente fica cara a cara com ele – falou Zbyszek.

Separaram-se. Pawel e Zbyszek foram para o barraco da horta e Zenek à casa da sra. Lodzia. Lá contou para Dentinho e para ela o que havia acontecido.

— Alguém mora lá, ele vive pior do que nós.

A mulher ficou chocada com a história. Compadeceu-se dos garotos e sugeriu-lhes que dormissem no porão.

— Mas tenham cuidado para que ninguém os encontre.

No dia seguinte, ao entardecer, Pawel, Zbyszek e Zenek voltaram ao bosque à procura da figura misteriosa. Quando escureceu, novamente alguém começou a sair de sob a terra. Os meninos observavam. O homem se ergueu, olhou em volta e por fim se afastou com passos rápidos. Os garotos foram atrás dele.

— Venham depressa, poderemos alcançá-lo e olhar para ele – sugeriu Zenek.

— Não, vamos até a avenida Washington e sentamos embaixo do poste de luz, ele deve passar por lá – disse Zbyszek, correndo naquela direção. Pawel e Zenek foram atrás.

Enquanto isso, o desconhecido atravessou o parque e, na avenida Washington, desviou-se para Saska Kepa. Andava depressa, nervoso, olhando para todos os lados. Quando viu os garotos perto do poste, tirou do bolso um lenço: fingiu que assoava o nariz para cobrir o rosto. Pawel ficou sentado, com a cabeça baixa. Zenek lançou um olhar de soslaio para o homem. Só Zbyszek olhou sem disfarçar: sob a luz da lâmpada pôde ver o rosto tipicamente semita do desconhecido.

— Com licença, que horas são? – perguntou-lhe Zbyszek.

— Não sei – respondeu o outro depressa.

O homem se afastou com passos rápidos, quase correndo.

— Não tenha medo – gritou Zbyszek para ele. — Somos amigos.

Ele parou um instante para tomar fôlego.

— Não vá para aquela direção, lá estão soldados – alertaram-no Zenek e Pawel.

— Que me interessam os soldados? Moro em Saska Kepa, vou para casa.

Zenek olhou para todos os lados, não havia viv'alma por ali.

— *Ich bin a Yid* [eu sou judeu] – sussurrou em ídiche para o desconhecido.

Ele ficou paralisado. Olhou para Zenek, depois para Pawel e Zbyszek, e de novo para Zenek. O garoto confirmou suas palavras balançando a cabeça.

— Eu também sou *Amcho* [do seu povo] – disse Pawel.

— E eu também – disse Zbyszek.

O homem lançou olhares nervosos para os meninos. Não acreditava, olhando com desconfiança para o rosto ariano de Zbyszek.

— Ele também é judeu?

Os garotos balançaram a cabeça confirmando.

— Perambulamos pelas casas, dormimos em sótãos ou porões, sempre damos um jeito – eles contaram. — A gente se vira com qualquer coisa, para não entregar a *bone*[*] – acrescentou Zbyszek.

Um leve sorriso surgiu no rosto do judeu. Depois que ouvira a conhecida expressão, não teve mais dúvida. Mas logo seu rosto de novo se anuviou.

— Venham, é muito perigoso ficar parado aqui.

E os quatro foram para uma rua ao lado. O estranho lhes contou sua história. Costumava viver na rua Nowolipie e havia perdido toda a sua família[**]. Agora, ele havia encontrado aquele buraco onde passava o dia inteiro sentado, saindo de noite à procura de algo para comer. Quando os meninos olharam melhor para ele, notaram que era bastante jovem, só estava assustadoramente emagrecido e com a barba crescida.

— Não sei como isso vai acabar. Com certeza vou morrer de fome. Um polonês conhecido, de religião batista, me traz às vezes um pedaço de pão e com isso eu vivo. Mas o inverno está chegando... – lamentou-se.

— Nós vamos ajudar o senhor – disseram em coro os garotos.

Zenek tirou do bolso cinco *zlotes* e lhe deu.

— Vamos pedir sopa para a sra. Lodzia, certamente ela não vai negar – acrescentou Zbyszek.

* No jargão do gueto, *bone* era um cupom de pão. "Entregar a *bone*" significava morrer. [N.T.]

** Tratava-se de Alexander Celniker, combatente no levante do gueto de Varsóvia. No dia 27 de abril de 1943, ele estava entre as pessoas que fugiram do gueto em chamas através dos canais de esgoto (graças à ajuda do Movimento de Resistência Polonês). O grupo se ligou aos *partisans* (membros da Resistência à dominação alemã) nos bosques de Wyszkow e após dois meses de lutas foi derrotado pelos alemães. Celniker conseguiu escapar para Varsóvia.

— Alguém vem vindo – sussurrou Zenek, e num piscar de olhos todos correram.

— Onde vamos nos encontrar? – o homem ainda teve tempo de perguntar.

— Naquele bosque, amanhã às oito da noite, quando escurecer – respondeu Zenek.

No dia seguinte, os garotos pediram sopa quente para a sra. Lodzia e correram para o lugar combinado.

— Ah, meus queridos meninos – o homem recebeu-os com alegria –, pensei que tinham esquecido de mim.

— Esquecer? O senhor acha que nossa palavra não vale nada? – falou Zbyszek, ofendido.

O homem nem ouviu direito, pois outra coisa chamava sua atenção.

— O que vocês trouxeram nessa vasilha? – perguntou sem tirar os olhos do vapor que dela saía.

Cuidadosamente pegou a vasilha com sopa, apalpou-a toda como se não acreditasse em seus dedos trêmulos. E então tomou a sopa de uma só vez.

— Eu agradeço a vocês, obrigado! – ofegava ele. — Há tantos meses eu não como uma comida quente. Agora venham, vou mostrar para vocês o meu buraco – disse para os meninos.

— Não, não, já temos de ir. Amanhã voltaremos.

Separaram-se. Zenek correu para Saska Kepa; Pawel e Zbyszek foram dormir no barraco da horta.

— Você viu como ele engoliu a sopa? – falou Zbyszek.

— Com a fome que ele estava, não é de espantar. Mas ele é um homem bom. Um verdadeiro *Amcho*.

A partir desse dia, os meninos levavam para o homem sopa quente e pão. Tinham costume de encontrar-se com ele para uma rápida conversa e depois se separavam.

* * *

Setembro chegava ao fim. No inverno, os donos das hortas costumavam desmontar os barracos e casas de ferramentas: Pawel e Zbyszek perderam o teto e também o emprego. Puseram-se a caminhar nos arredores do parque Skaryszewski.

— Olha, aqui se pode fazer um bom esconderijo – disse Pawel, apontando para um espaço embaixo das escadas do parque.

— Então, mãos à obra!

Pawel foi à avenida Washington, de onde trouxe tijolos velhos, enquanto Zbyszek conseguiu um pouco de palha com um camponês vizinho. Os garotos espalharam a palha sob as escadas. De um lado, fecharam o vão com tijolos, obtendo assim proteção contra o vento; do outro, deixaram um buraco, que servia como porta. Depois, Zbyszek foi até Grochowska e pegou de um porão dois sacos velhos, que estendeu sobre o capim. E a "residência" ficou pronta.

Os garotos se deitaram, mas à noite fez frio e eles dormiram encolhidos um perto do outro. Pawel, com uma infecção na bexiga, molhou a "cama". Transidos de frio, os dois foram de manhã à cidade; encontraram-se com Zenek e Dentinho, que dormiam no porão da casa onde a sra. Lodzia era zeladora. Ao anoitecer, levaram sopa para Amcho, voltando em seguida para suas tocas.

— Precisamos trocar a palha e os sacos que ficaram molhados – disse Pawel.

— Então arranja outros, eu não vou roubar por tua causa – respondeu Zbyszek, dando a entender que os sacos tinham estragado por causa de Pawel.

— Olha só como ele trabalhou pesado! Trouxe dois sacos e se faz de herói – falou Pawel, ofendido.

— Certo, jogue a palha no lago, e vamos buscar mais juntos – concordou Zbyszek.

Mas dessa vez não foi tão fácil.

Na cerca da casa onde eles haviam conseguido a palha, havia um grande cão com os dentes arreganhados rosnando para eles, e Pawel, instintivamente, mudou a rota.

— O que foi? Você não tem medo dos alemães, mas tem medo de um cahorro? – zombou Zbyszek

Eles escalaram o muro, mas encontraram o caminho até a palha bloqueado pelo cão, que latia furiosamente, amarrado por uma corrente. Zbyszek fez um gesto, como se jogasse uma pedra nele, e ele recuou um pouco.

— Não tenha medo, nós também estamos assustados! Por que você está latindo? Você tem um lugar para dormir, deixe a gente passar para pegar só um pouco de palha!

Mas o cachorro não parecia entender as justificativas. Se ele continuasse latindo daquele jeito, acabaria por acordar alguém.

— Cala a boca, assim você está estragando tudo!

Pawel correu em direção à casa e o cachorro foi atrás dele. Zbyszek conseguiu então pegar um pouco de palha e correr na direção oposta.

15. Novos amigos (a união)

Em outubro de 1943, Dentinho andava pela rua Solec quando viu um menino pequeno que lhe pareceu conhecido. Encarou-o de frente e o pequeno se assustou, desviando para uma rua lateral e andando mais depressa. Dentinho o seguiu.

— Ei, menino, não me reconhece? Lembra que a gente atravessou o muro junto? – falou, seguro de que ninguém estava por perto.

O pequeno parou.

— Que muro? – murmurou.

Dentinho se pôs a rir e deu-lhe umas palmadinhas nas costas.

— Eu sou um igual, não tenha medo. Somos uma turma, damos sempre um jeito, não vamos entregar a *bone*.

— Também somos um grupo. Vendemos cigarros – respondeu o pequeno, gabando-se.

— E dá para a gente se encontrar com vocês?

— Não sei. Preciso perguntar para o Touro.

— Quem é esse Touro? – desconfiou Dentinho.

— É o mais velho de todos.

— Diga para ele que amanhã ao meio-dia vamos esperá-lo embaixo da ponte. Não esqueça!

— Certo, não vou esquecer – confirmou o pequeno. Era Bolus. Como uma flecha, foi voando para a praça Três Cruzes.

Dentinho seguiu o pequeno com o olhar, esfregando as mãos

de alegria, e foi a Saska Kepa. Ansioso, ele também se apressou para contar aos seus amigos o acontecimento do dia. Ofegante e suado, chegou correndo às hortas.

— Vocês não sabem o que aconteceu! – mal podia falar.

— O quê? – os garotos rodearam-no.

— Encontrei um dos nossos – disse, respirando com dificuldade. – Combinei com ele para amanhã debaixo da ponte.

— Vamos os quatro até lá – decidiram.

No dia seguinte, os quatro garotos de Saska Kepa dirigiram-se à rua Solec. Estava frio. Zbyszek esfregava as mãos e batia os pés descalços no chão para aquecê-los. Pawel apressou os outros para não se atrasarem. Desceram depressa a escada para a rua Solec olhando para todos os lados. Zbyszek passou várias vezes sob a ponte, observando cuidadosamente as pessoas: viam-se algumas na parada do bonde. Do hospital próximo ouviam-se sons de uma rádio alemã. Do outro lado da ponte uma mulher vendia maçãs.

— Eu e Dentinho esperaremos aqui. Você, Zbyszek, vai observar embaixo da ponte e você, Zenek, do outro lado. Se alguma coisa acontecer, vocês assobiam – ordenou Pawel.

Zbyszek foi para o lugar indicado, encostou-se num muro e ficou observando o ambiente. Zenek, no outro lado da ponte, ficou brincando de jogar pedrinhas para disfarçar. Pawel e Dentinho sentaram-se na escada que levava à ponte.

Alguns minutos depois, chegaram Touro e Bolus, que se aproximaram dos dois. Zenek e Zbyszek se aproximaram curiosos, mas Pawel mandou-os de volta a seus postos.

— Quem são vocês? Como vivem? Onde moram? – perguntou Touro, esforçando-se para não atrair a atenção dos pedestres.

— Moramos, moramos – murmurou Pawel, hesitante. — Não moramos, perambulamos por Saska Kepa.

— Dormimos em ruínas – acrescentou Zenek.

— E o que fazem vocês? Quantos são? – Dentinho não pôde dominar sua curiosidade.

— Nós... – começou Touro.

Não conseguiu completar a frase. O assobio de Zbyszek indicava perigo: dois soldados se aproximavam.

Os garotos logo se separaram e seguiram pela rua, como se tivessem pressa para ir a algum lugar. Depois que os alemães se afastaram, se reencontraram. Pawel contou para Touro como o quarteto vivia, sobre o trabalho e os ganhos deles.

— Conhecemos uma senhora polonesa, Fani Lodzia, que nos deixa entrar na casa dela quando chove. Dentinho e Zenek dormem lá, no porão. Eu e Zbyszek passamos a noite em porões, sótãos, às vezes nas ruínas. Perambulamos como os piores vagabundos. E o inverno se aproxima – lamentou-se.

— Até o frio intenso chegar, talvez a guerra acabe... Por enquanto vamos todos à casa da Vovó – disse Touro tranquilamente. — Ela é uma boa velhinha, vai deixar vocês dormirem lá.

— Vai mesmo? – perguntaram os garotos, sem acreditar no que ouviam.

— Sim, ela com certeza não vai deixar vocês na rua. Somos cinco, seremos nove.

Os meninos de Saska Kepa ouviram aquilo boquiabertos, os olhos brilhando de alegria. Touro continuou:

— Agora vamos à praça Três Cruzes para vocês conhecerem os outros. Vou mostrar como vão negociar e onde devem se postar. Vocês têm algum dinheiro para comprar cigarros?

— Temos, temos – intrometeu-se Zenek.

— Ótimo, vamos comprar um pouco dos caseiros. Se vocês venderem bem, comprarão cigarros melhores, e os negócios vão crescer – encorajou-os Touro.

Ao chegarem perto da praça, ele lhes deu mais instruções:

— E agora, rapazes, cada um por si, ou no máximo em dupla.

Não se aproximem de nenhum dos nossos. Quando a gente passar por eles eu mostro quem são. A gente deixa para conversar à noite, na casa da Vovó.

Touro e Pawel foram na frente. Alguns metros atrás deles iam Zenek e Zbyszek. Dentinho estava com Bolus mais longe.

— Você está vendo? Lá perto do muro está parado um garoto com cigarros, é com certeza um dos nossos – Zenek deu um empurrão em Zbyszek.

— Vou chegar perto e olhar direto nos olhos dele. Se ele demonstrar medo, é sinal que é um dos nossos – disse Zbyszek dando uns passos.

Zenek correu atrás dele, pegando-o pela manga:

— Você está louco? Quer denunciá-lo? – advertiu-o furioso.

Eles foram em direção à igreja Santo Alexander. Perto estava parado Coxo com um maço de cigarros. Quando viu Touro com um menino desconhecido, quis atrair a atenção deles e começou a anunciar sua mercadoria: "Cigarros caseiros, cigarros caseiros, por unidade ou por maço".

Touro acenou para ele.

— Esse é um dos nossos, a gente chama ele de Coxo – falou para Pawel.

Avançaram. De repente, Zenek se aproximou de Zbyszek:

— Olha, outro nosso.

— Deus meu, o que está acontecendo? Daqui a pouco vai ser como antes na Nalewski?* – murmurou Zbyszek.

E virou-se para eles:

— Arranjem para mim dez *zlotes* para os cigarros, eu compro para vocês – disse Touro para Dentinho.

— Eu não tenho isso tudo – disse o garoto envergonhado.

— Me dê o que você tiver então, eu te empresto o resto.

* A rua Nalewski costumava ser a principal rua do bairro judaico.

Dentinho tirou alguns *zlotes* do bolso.

— Pega o meu também – e Bolus deu dois *zlotes* que ganhara naquele dia. Ele se aproximava dos novatos, perguntando baixinho a cada um se eram da rua Nowolipie. Zbyszek se aborreceu com a pergunta e gritou para ele:

— Sai daqui, pirralho, senão vou te dar umas palmadas!

O pequeno deu uns passos para trás, olhou para Zbyszek com ressentimento e foi embora. Quando encontrou Touro, Bolus se queixou quase chorando: "Aquele ali quis me bater" e apontou para Zbyszek, parado perto da igreja, mas Touro apenas riu.

Uma hora depois, os recém-chegados já circulavam pela praça com maços de cigarro, anunciando temerosos: "Cigarros, cigarros!". No início foi bastante difícil para eles, estavam inseguros, não sabiam como e quando oferecer, como estimular o comprador, de que jeito elogiar a mercadoria. Os garotos poloneses olhavam-nos cheios de desdém, e roubavam seus clientes com malícia. Bem no momento em que estavam a ponto de concluir uma venda, eles passavam gritando "A polícia!".

— Não se preocupem – disse Touro. — Quem espera sempre alcança.

Depois de algumas horas vendendo cigarros, os garotos foram jantar: alguns se dirigiram à cozinha da rua Zorawia.

— O quê? Vocês estão ainda mais numerosos? Daqui a pouco não vamos ter sopa para todo mundo! – exclamou a cozinheira. Mas ela não negou mais uma porção, que Pawel e Zbyszek pediram, para levar a Amcho.

— Deixem eu ir junto – pediu Bolus. — Quero ver um judeu adulto. Pode ser alguém da minha família.

Ao anoitecer, eles foram a Saska Kepa. Chegando ao buraco, olharam para todos os lados e só então deram para Amcho a vasilha com sopa. Ele a engoliu de uma só vez e depois olhou com desconfiança para o novo pequeno visitante.

Bolus estendeu-lhe sua mãozinha, cumprimentando-o.

— Tenho um presente para o senhor – disse e tirou de sob sua pelerine rasgada um pedaço de pão e um maço de cigarros.

Amcho, emocionado, quis dizer alguma coisa, mas não conseguiu falar nenhuma palavra. Lágrimas lhe vieram aos olhos – talvez pela primeira vez depois de muito tempo. Ficou pensando em como aquela criança teve a ideia do presente, sentiu-se menor do que o pequeno Bolus.

Pawel e Zbyszek ficaram igualmente surpresos. Não imaginavam que Bolus estivesse escondendo alguma coisa debaixo da roupa. Depois de se despedirem do homem, os três garotos voltaram à praça Três Cruzes. Eles tinham vendido bem naquele dia, e então compraram um doce para cada um do bando. Fazia tempo que não se sentiam tão felizes.

— Ai, se fosse sempre assim! – suspirou Dentinho.

— Olha, vai chover – e Zenek apontou para o céu nublado.
— Como vai ser para dormir?

— Ora, ninguém vai morrer se nos molharmos. Não somos de açúcar – brincou Zbyszek.

Nisso chegou Touro:

— Qual o problema? Vocês estão procurando um lugar para dormir? Não se preocupem, vamos todos à casa da Vovó.

E foram à rua Krucza. Quando chegaram, a filha da zeladora se pôs a gritar:

— Jesus Maria! Quantos vocês são?

— Não se preocupe, a gente vai dar dinheiro para os seus remédios – acalmou-a Touro.

Os meninos tiraram depressa os *zlotes* e lhe deram. Parada à porta, ela pegou o dinheiro e deixou-os entrar um de cada vez. A moça encostou a escada ao sótão:

— Subam, meus anjinhos...

Todos eles correram até a escada e num piscar de olhos estavam lá em cima. Alguns minutos depois apareceu a Vovó. Quando viu o aperto no sótão, começou a gritar:

— Ei, quantos vocês são? Ainda não pagaram e já estão em cima! Desçam já daí!

— Vovó, mais baixo, a gente paga agora mesmo – tranquilizou-a Touro, recolhendo o dinheiro da velha entre os colegas.

— Está vendo? Tudo em ordem, Vovó. Nós somos meninos honestos – Coxo falou do alto.

— Mas não façam barulho e não urinem no assoalho, senão vou mandar vocês pro diabo!

A velha terminou sua habitual ladainha e se deitou entre os panos de sua cama.

Nessa mesma época, o grupo voltou a crescer. Um dia, quando estava com Coxo no mercado Rozycki, Touro de repente sentiu que alguém o empurrava. Tremeu de medo, mas logo levou outro empurrão, mais forte. Preparando-se para o pior, olhou em volta, e imediatamente seu medo deu lugar à surpresa: diante dele estava Napa, que havia deixado Varsóvia para trabalhar numa fazenda. Sujo, usava um casaco russo rasgado e grandes botas de camponês.

— Onde você esteve esse tempo todo? – perguntaram os garotos.

— Eu estava no campo. Trabalhava de sol a sol, mas pelo menos eu tinha um lugar onde dormir. Só que depois de um tempo, começaram a desconfiar de mim. Todo o vilarejo estava comentando, então eu fugi. Cheguei em Varsóvia há alguns dias. Estou dormindo nos arbustos na beira do rio – ele contou.

— Por que você não nos procurou? – perguntou Coxo.

— Procurar onde? Estive na casa da sra. Kalota, que nada sabia de vocês. Pensei que vocês tinham “caído”.

— Nós não somos tão bobos – respondeu Touro, contente.

Foram com Napa até o banho público para ele se lavar e se limpar dos percevejos. Touro lhe deu uma camisa sua, Coxo, um suéter, e assim, bem vestido, o levaram à praça. Aí Touro lhe deu cigarros e indicou um ponto no fim da Nowy Swiat, perto de um restaurante alemão chamado Vier Jahreszeiten. Após receber algumas instruções do que fazer, Napa iniciou seus negócios. Sentia-se como se tivesse nascido outra vez. Estava ganhando dinheiro, tinha amigos e um teto onde se abrigar pela noite. Esforçava-se para ficar sempre ao lado de Touro. Pouco a pouco, ele se tornou o "ajudante" de Touro, como Zenek brincava.

Foi nessa mesma época que Touro encontrou Kazik, o garoto que havia tentado fugir com ele do trem que levava prisioneiros do gueto para Poniatow. Ele havia sido recapturado pelos alemães, mas conseguira escapar novamente, dessa vez, do próprio campo. Os garotos o apelidaram de Francês.

Mais tarde, Napa reconheceu outro menino judeu que andava pela rua descalço e o levou até a praça. Eles juntaram algum dinheiro para lhe comprar um par de tamancos de madeira e o batizaram de Camponês, pois ele havia trabalhado por vários meses numa fazenda. Ele falava e se vestia como um menino do campo. Em pouco tempo, esqueceu os ares da fazenda, mas o apelido permaneceu.

Emprestaram dinheiro aos dois recém-chegados para que comprassem seu estoque de cigarros, mas assim que eles se lançaram aos negócios – o Fancês na rua Prus, na esquina da praça Três Cruzes, perto do quartel dos húngaros, e o Camponês na rua Konopnicka, em frente ao antigo prédio da Associação Cristã de Moços ocupado pela SS –, puderam quitar suas dívidas.

A surpresa de todos foi enorme quando, um dia, notaram outro garoto, malvestido, vagando pela praça. Sua aparência não deixava dúvidas sobre sua origem, e eles rapidamente encontraram uma língua comum. O garoto se chamava Stasiek, e foi logo apelidado de Pequeno Stasiek, para diferenciá-lo do outro, de dezessete anos, que já era do grupo há algum tempo.

Ele parecia desesperado. Como seu rosto atraía muita suspeita, não lhe deram nada para vender, encarregando-o de guardar o estoque. Ainda assim, alguns garotos não queriam que ele fosse visto na praça. Touro tentou convencê-los de que não podiam mandar o menino embora, e sim de que era preciso ajudá-lo. Àqueles que eram contra a entrada do Pequeno Stasiek no grupo, ele disse severamente:

— Vocês têm medo de quê? Ele não é pior do que vocês.

Pequeno Stasiek, 1944.

16. Problemas com Bolus

Naquela época, um grande número de soldados húngaros chegou do front oriental para o quartel na esquina da rua Prus com a praça Três Cruzes. Os garotos circulavam entre os soldados, querendo contatá-los.

— Poderemos fazer bons negócios com eles – planejava Touro.

— Mas como vamos conversar com eles? – perguntou um garoto polonês, que estava parado perto.

Dentinho dirigiu-se a uma papelaria, onde comprou cartões-postais de Varsóvia, e se aproximou dos húngaros. Entendia-se com eles por meio de gestos. Minutos depois, ele já tinha maços de cigarros húngaros e alemães e uma lata de carne em conserva. Voou para a cidade e logo vendeu essas coisas por bom preço. O contato estava feito.

Os meninos negociavam com os húngaros e sentiam por eles uma simpatia estranha, em vez de medo. Os húngaros davam pequenos presentes aos meninos: cintos, marmitas, bandagens não usadas etc. Em mau alemão, deram a entender que estavam cansados da guerra.

Os vendedores de cigarros da praça reuniam-se diante do quartel húngaro e compravam com moedas os mais variados objetos. Entre eles estava Bolus, que ia de hora em hora à praça ajudar os colegas mais velhos. Segurava os cigarros de reserva, trazia cartões-postais e papéis de carta, guardava o dinheiro que os amigos tinham ganhado e prestava atenção na movimentação dos policiais poloneses ou soldados.

Às vezes havia entre os garotos discussões, brigas e até lutas. Nesses casos, Touro era o juiz, procurando sempre evitar disputas com os vendedores poloneses de cigarros.

Os negócios com os soldados húngaros deram lucros razoáveis, que eles dividiam entre si com coleguismo. Gastavam no próprio dia o dinheiro ganho: em comida, guloseimas, e também em objetos (não faltavam roupas usadas). Com o tempo, seus rostos melhoraram, as faces pálidas adquiriram cores, e passaram a ir quase toda semana ao banho público, onde podiam lavar as roupas, livrando-se de pulgas e percevejos. Nessas ocasiões, faziam-se de riquinhos e pagavam gorjetas generosas ao empregado do banho, para garantir que ninguém mais entrasse. Na verdade, era um cuidado necessário para não serem identificados como judeus.

As noites na casa da Vovó eram o único momento em que podiam falar livremente sobre os acontecimentos do dia, discutindo novas estratégias para ganhar mais dinheiro e tomar decisões importantes coletivamente.

A sagacidade e a esperteza deles nos negócios frequentemente provocavam inveja e suspeitas entre os rapazes poloneses. Estes diziam ironicamente:

— Cabecinhas judaicas...

A certa altura os poloneses começaram a agredir os meninos menores, que buscavam então a proteção dos maiores. Na maioria das vezes eles agrediam o pequeno Bolus. Desde que sua amiguinha havia sumido, ele deixara de fazer suas apresentações de cantigas nos bondes e perambulava por dias inteiros pela praça. Os zeladores e os condutores dos bondes, cujo ponto final era na praça, o conheciam bem e muitas vezes lhe davam sopa ou uma comidinha mais gostosa. Bolus ficava horas perto deles, esquentando-se junto a um forninho. Em sua ingenuidade, deve ter contado para alguém que era judeu, e o segredo se espalhou pela praça e chegou até os garotos poloneses.

Certa vez, pegaram os cigarros de Bolus. Chorando, correu para queixar-se para Touro.

— Mostre para mim quem te tirou os cigarros.

— Aquele, de jaqueta – Bolus indicou, choroso.

Touro foi correndo até o garoto e tomou os cigarros de volta.

— Se você se meter outra vez com ele, eu quebro suas pernas – gritou Touro para o garoto, que saiu correndo, apavorado.

Mas os ataques se tornaram cada vez mais frequentes. Quando os rapazes poloneses viram que os mais velhos defendiam Bolus, suspeitaram de que eles também fossem judeus e passaram a atormentá-los. A cada dia a situação piorava e o perigo crescia.

Os meninos se tornaram mais cuidadosos, não se aproximavam um do outro durante os negócios e evitavam os rapazes poloneses, de quem suspeitavam más intenções. Só Zbyszek não seguia essa regra, já que sua aparência não judia e seu vocabulário de menino de rua o protegiam.

A situação perigosa obrigou os garotos judeus mais velhos a mandarem Bolus deixar a praça e ir para outro local. Desgostoso, Bolus foi para Solec, ao prédio do Seguro Social, onde ficava sentado dias inteiros na sala de espera, esquentando-se junto aos aquecedores. Com saudades dos amigos – e também com vontade de ganhar algum dinheiro, porque se acostumara à "independência" e a ter algumas moedas no bolso – ele, dias depois, voltou à praça.

Percebendo que Bolus poderia levá-los a uma desgraça, os meninos fizeram uma reunião e decidiram juntar diariamente trinta *zlotes*, que davam para a Vovó em troca do favor de manter o pequeno o dia inteiro em casa. Na hora do almoço Touro lhe levava sopa. À noite, quando iam dormir, levavam-lhe pão com manteiga.

* * *

Bolus pediu, chorando, que o deixassem ir à cidade; prometeu que não iria à praça, ficaria todos os dias junto aos aquecedores, mas Touro se manteve firme em sua resolução.

— A senhora não deixe o Bolus ir para a rua. Se acontecer alguma coisa, eu não pago o dinheiro combinado – recomendou.

O pobre Bolus ficava o tempo todo deitado no sótão e dormia durante o dia. Depois, quando os outros meninos chegavam, o pequeno, ansioso pela companhia deles, ficava até tarde da noite cansando-os com perguntas.

Dias depois, a Vovó se recusou a continuar com Bolus, não dando sequer o motivo. Então ele passou a perambular pelas ruas. Com saudades dos amigos, acabou voltando à praça. Sua chegada coincidiu com a minha primeira visita aos garotos na praça Três Cruzes, que contei no primeiro capítulo, quando o pequeno Bolus e Touro foram acusados por garotos poloneses de serem judeus, o que levou a uma nova expulsão de Bolus da praça.

Logo, um novo incidente obrigou os vendedores de cigarros judeus a agirem depressa.

— Tiraram um maço de cigarros de Zenek – Pawel disse para Touro.

— Quem tirou?

— Aquele louro que está parado perto da praça. Ele disse que, se eu gritasse, contaria para todo mundo que sou judeu.

— Ele te conhece? Como ele sabe que você é judeu?

— Sei lá!

— Você precisa dar o fora daqui – ordenou Touro. — Procure outro lugar, pelo menos por alguns dias.

Zenek e o irmão Pawel foram para a rua Marszalkowska, no final da Hoza. De início vendiam cigarros, com o passar do tempo, jornais. Ao meio-dia iam à redação do *Novo Correio de Varsóvia* na Marszalkowska, onde dezenas de rapazes poloneses já aguardavam. Com pacotes de jornais sob os braços, tomavam os bondes, ansiosos para chegar à rua Hoza o mais rápido possível. Os jornais eram vendidos depressa, porque todos queriam saber notícias do front. Pawel e Zenek anunciavam notícias inventadas para atrair os fregueses.

Dias depois, a sorte os ajudou. O Movimento de Resistência Polonês lançou uma grande tiragem de um jornal idêntico em aparência ao *Novo Correio de Varsóvia*. Sob várias manchetes, como a entrada da Espanha na guerra, havia artigos antialemães. Antes que os alemães e mesmo os jornaleiros tivessem notado o que acontecera, a edição inteira já tinha sido vendida por toda a Varsóvia. Os jornaleiros venderam essa edição extra até na Estação Ferroviária Central sob o nariz dos soldados alemães, que não suspeitaram de nada. O povo comprava os jornais, pagando por eles o dobro e até o triplo do preço. Ao anoitecer, já se pagava de 50 a 100 *zlotes* por um exemplar.

Naquele dia, Pawel e Zenek ganharam mais do que no mês inteiro. Na manhã seguinte, foram almoçar num ótimo restaurante e depois adquiriram roupas novas numa loja. Com o dinheiro restante compraram uma reserva de cigarros. Não tinham o hábito de guardar dinheiro.

À noite, encontraram-se com os outros meninos na casa da Vovó, perguntaram sobre as novidades na praça e contaram seus bons negócios.

A essa altura, minhas visitas aos garotos na praça haviam se tornado quase diárias. Aos poucos, fui sendo aceito pelos meninos e conseguia recolher informações sobre tudo o que se passava, em grande parte graças a Touro.

Fiquei conhecendo cada um dos vendedores. Observava suas mercadorias e a habilidade que tinham em vendê-las e sua coragem. Também no Comitê Nacional Judaico, o tema dos vendedores de cigarros da praça Três Cruzes não saía da ordem do dia, em que discutíamos a cada encontro qual seria a melhor forma de protegê-los. Os ataques sofridos por Bolus e Zenek representavam um perigo permanente a todos, e a situação piorava a cada dia.

Separar Bolus do restante do grupo se tornou uma prioridade da organização. Infelizmente, o problema do esconderijo era então o mais difícil. Era tarefa árdua encontrar um polonês que quisesse esconder em sua casa um judeu, mesmo que por uma grande quantia. Os rigorosos decretos alemães pesavam, como também a grande quantidade de agentes e populares alemães que havia entre a população polonesa.

O caso Bolus tornou-se a prova de fogo para meu relacionamento com os meninos. Sua confiança e crença em mim dependiam de uma solução feliz para a questão.

Afinal encontramos na cidade velha uma viúva, que vivia com seus cinco filhos na pior miséria. Em troca de uma modesta quantia, ela concordou em abrigar o menino em sua casa. As condições sanitárias do quartinho não eram nada boas, mas a gravidade da situação nos obrigou a aceitar sua oferta.

Fui à praça pegar Bolus, na companhia de Mendl Lifszi, um meu conhecido do Movimento que se vestiu de vigia noturno para disfarçar. Ele me ajudaria a levar o menino à cidade velha.

Touro, Napa e Coxo trouxeram Bolus. O grupo inteiro se escondeu no pátio de uma casa vizinha. Bolus tremia de frio e de medo. Despediram-se dele e o beijaram. A cada minuto outro corria até ele e se despedia. Bolus chorava, não conseguia aceitar que tivesse de deixar a praça Três Cruzes – e o principal: separar-se de seus amigos e amigas.

— Não tenha medo, com certeza a vida será melhor para você do que para nós – Touro encorajava o caçula.

— Depois da guerra a gente vai se encontrar de novo – acrescentou Teresa.

A despedida se prolongava, começamos a ficar nervosos.

— Já basta – apressei.

Nesse momento Dentinho veio correndo e deu para Bolus dois pãezinhos e algumas balas. O pequeno estava gelado de frio. Touro escreveu alguma coisa nuns pedaços de papel e lhe deu, sussurrando algo em seu ouvido. Sem que eu soubesse, ele pediu ao menino que enviasse por mim um papel por semana, como prova de que ele ainda estava vivo.

Afinal saímos do pátio. Eu na frente, Bolus atrás de mim e um pouco mais longe o "vigia noturno". As outras crianças nos acompanharam com seus olhares. Assim Bolus chegou com sua comitiva à cidade velha, ao lugar combinado.

Das paredes vergadas do quartinho do sótão pendiam teias de aranha. Num canto algumas crianças brincavam no chão. Curiosas, rodearam os recém-chegados. A dona da casa disse às crianças que aquele era um primo que estava vindo do campo porque a mãe tinha morrido. Deu para Bolus um pedaço de pão preto e o mandou brincar com seus filhos. O pequeno olhava para mim com um olhar suplicante, não me deixando ir embora. Com uma vozinha chorosa pediu para eu voltar no dia seguinte. Prometi que voltaria. Dei para a mulher a quantia combinada e fui embora.

No dia seguinte, fui visitar Bolus. Logo que me viu, lançou-se ao meu pescoço e começou a chorar. Abracei-o, esforçando-me em acalmá-lo.

— Por que chora? Aqui você não está bem?

Em seu rosto apareceu um pequeno sorriso. Compreendi que o choro tinha sido de alegria.

— Aqui é bom e quente. E lá na praça, como está todo mundo?

Percebi que estava com saudades dos amigos, da liberdade, dos aquecedores no prédio do Seguro Social. A seus olhos eu era como um dos vendedores de cigarros, o único deles que ele ainda podia ver. Então fiquei bastante tempo conversando com Bolus.

Dei-lhe um livro escolar para iniciantes e perguntei para a dona da casa como ele estava se comportando.

Ela contou que, assim que eu saíra no dia anterior, Bolus, triste, tinha se sentado no chão, sem querer brincar com as outras crianças. Quando ela lhe empurrou na mão um pedaço de pão de centeio com marmelada, ele, sem vontade, comeu só um pedaço. "Só depois de dormir a primeira noite aqui, ficou mais contente e começou a brincar com os novos amigos. Agora ele já sabe o nome de todos." Pouco a pouco, Bolus se acostumou ao novo ambiente. Parece que a pobreza ali reinante o ajudou a se adaptar à casa.

Enquanto isso, a vida das crianças da praça Três Cruzes se normalizara. Depois de Bolus ter ido embora, a situação melhorara um pouco. Corajosos, os meninos discutiam novamente com os rapazes poloneses por causa de cada freguês.

Após alguns dias visitei outra vez Bolus na cidade velha. Ele estava completamente entrosado no novo ambiente. Brincava, fazia travessuras com as outras crianças e nem percebeu que eu tinha chegado.

— Então, como vai, Bolus? Com saudades da praça?

Levantando-se do chão, sorriu.

— Quando os alemães forem embora, vou voltar para lá – falou, depois de ficar pensativo por um instante. Em seguida, tirou do bolso cinco bilhetinhos e me deu. Em cada um deles havia somente a assinatura de Touro.

— Isso é para o Touro – disse o pequeno.

Despedi-me das crianças e da dona da casa, prometendo voltar logo.

No dia seguinte, entreguei para Touro os bilhetinhos. Imaginava que era como se eu estivesse entregando cartas, uma lembrança viva do pequeno para os meninos, pois Bolus ainda não sabia escrever. Mas os bilhetes causaram pânico entre os vendedores de cigarros: murmuravam entre si e olhavam bravos para mim. Perguntei o porquê mas nada me responderam. Cercavam-me cada vez mais, de modo que o murmúrio ameaçador deles começou a despertar dúvidas em mim. De forma nenhuma conseguia entender o motivo da raiva repentina deles.

— Mas o que está acontecendo? Por que vocês se assustaram? Bolus está bem – me defendi, sem ter a menor noção do que eu era acusado.

— Não queremos mais conversar com o senhor – respondeu cortante o Francês, que era normalmente calado.

A atmosfera se tornava cada vez mais pesada. Zbyszek atiçava os meninos. Percebi que eu corria perigo. Qualquer gesto irrefletido dos garotos enfurecidos podia provocar uma desgraça. Decidi deixar a praça. Ao ir embora, levei Touro comigo. Mas ele também estava nervoso, não queria conversar. Afinal desembuchou:

— Parece que alguma coisa aconteceu com Bolus.

— Mas quem disse isso para vocês? Bolus está contente, está se sentindo muito bem! – enfureci-me, mas minhas palavras não o convenceram.

— O senhor sabe o quê? – disse finalmente. — Se é verdade que o Bolus está bem, mostre ele para a gente! Aí vamos ter certeza de que ele está vivo.

Naquele dia voltei para casa arrasado. Várias suposições me atormentavam. Conhecia bem os garotos e sabia que, se eu não lhes provasse que Bolus estava vivo, o meu trabalho com eles dali para a frente seria impossível. Além disso, a vingança deles poderia ser uma desgraça tanto para mim quanto para a organização.

Só havia uma saída: concordar com a sugestão de Touro. Mas se eu levasse um dos meninos até Bolus na cidade velha haveria o risco de a "moradia" dele ser descoberta. Isso a organização não podia permitir porque havia grande falta desse tipo de esconderijo. Eu também tinha que levar em conta a possibilidade de que o testemunho de um menino poderia não convencer os outros.

A única alternativa era, apesar do perigo, levar Bolus para a praça. Combinei com Touro que Bolus ficaria ali apenas por cinco minutos. E avisei a Bolus que ele não poderia revelar para ninguém onde ficava seu esconderijo.

Na hora combinada fui com o menino à praça. Entramos num pátio por um portão lateral. Todos os vendedores de cigarros rodearam Bolus fazendo-lhe muitas perguntas: quiseram saber como vivia, o que fazia, se estava bem.

— E onde você mora? – perguntou um deles.

— Esse senhor me disse que se eu falasse onde moro, ele não me levaria de volta para lá – respondeu.

— E por que você mandou os bilhetes de uma vez só? – perguntou Touro.

Bolus não soube responder. E isso revelou por que os garotos estavam aflitos. Preocupados com o destino de Bolus, tinham bolado um plano que deveria dar-lhes informações seguras sobre o menino e afastar suspeitas de que eu estivesse fazendo algo de ruim. Mas Bolus ficou tão contente e satisfeito com suas novas condições de vida, que havia esquecido que o combinado com Touro era mandar um bilhete por semana e mandou todos de uma vez só...

Quando os meninos perceberam que suas suspeitas eram infundadas, esclareceram tudo, justificaram-se e me pediram desculpas. "De agora em diante" – disseram – "pode ter certeza de que nada conseguirá romper nossa confiança no senhor."

As conversas com o pequeno se prolongaram, tantos foram os abraços e beijos. Eu, porém, tive de interrompê-los, porque as leis do tempo durante a ocupação nazista eram duras e rigorosas.

Bolus voltou à cidade velha, mas dias depois tivemos que procurar para ele novo esconderijo, porque os filhos da dona da casa adoeceram e, para evitar o contágio, o garoto devia ser isolado imediatamente.

Quando contei aos meninos essa nova preocupação, Touro logo me ajudou: por um pagamento pontual, o professor Idzikowski, seu ex-protetor, concordou em levar Bolus para sua casa. Era preciso apenas entender-se sobre as condições técnicas e financeiras. Quanto ao pagamento não houve problema: o Comitê Nacional Judaico não poupava dinheiro para ajudar crianças.

Pior foi com as outras condições de Idzikowski: temia que o menino trouxesse consigo algum vírus e exigiu que ele viesse limpo e bem vestido. Essa cláusula complicou o caso. Seu novo protetor não concordou de forma nenhuma que o garoto fosse limpo em sua casa. Afinal resolvemos levar o pequeno a um banho público. Comprei-lhe um terninho e sapatos e junto com Touro o levei para lá. Touro o lavou e esfregou, depois Bolus vestiu a roupa nova.

Fomos para Grochow. Bolus, limpinho, no novo terno, com um boné na cabeça, se apresentou para Idzikowski como Boleslaw Wrublewski, nome que estava registrado em sua certidão falsa. Ele logo se tornou amigo do filho do seu protetor, Januszek, de oito anos, com quem se pôs a brincar. À noite, o sr. Idzikowski ensinava Bolus a ler e a escrever. O pequeno era inteligente e esforçado: após dois meses já se igualava a Januszek, que estudava na segunda série.

De vez em quando, eu o visitava em Grochow, levando-lhe livros e brinquedos. Os vendedores de cigarros me pediam um relatório minucioso dessas visitas.

— No campo perto de Grochow está escondido um sobrevivente do gueto – dizendo essas palavras, Touro se encontrou comigo alguns dias após termos instalado Bolus na casa do professor Idzikowski.

No mesmo dia, os garotos marcaram um encontro comigo e com Amcho no bosque perto do parque Skaryszewski. Após longa conversa com Amcho prometi-lhe a maior ajuda possível. O Comitê Nacional Judaico dava especial auxílio para os combatentes do gueto que se salvaram.

Dias depois, Amcho recebeu documentos falsos e uma quantia suficiente para sua subsistência. Então se transferiu para a casa de um polonês seu conhecido, onde foi feito um esconderijo primitivo, mas bem planejado: com uma dezena de madeiras, construíram uma cabana num canto do porão, jogaram sobre ela maços de capim e taparam os lados com diversas tralhas. Na porta penduraram duas gaiolas com coelhos.

Amcho podia movimentar-se à vontade dentro do porão mas, se ouvisse o menor barulho estranho, teria de correr para o esconderijo. Toda noite a mulher do polonês vinha trazer-lhe comida. De tempos em tempos, eu ia visitá-lo em sua "residência".

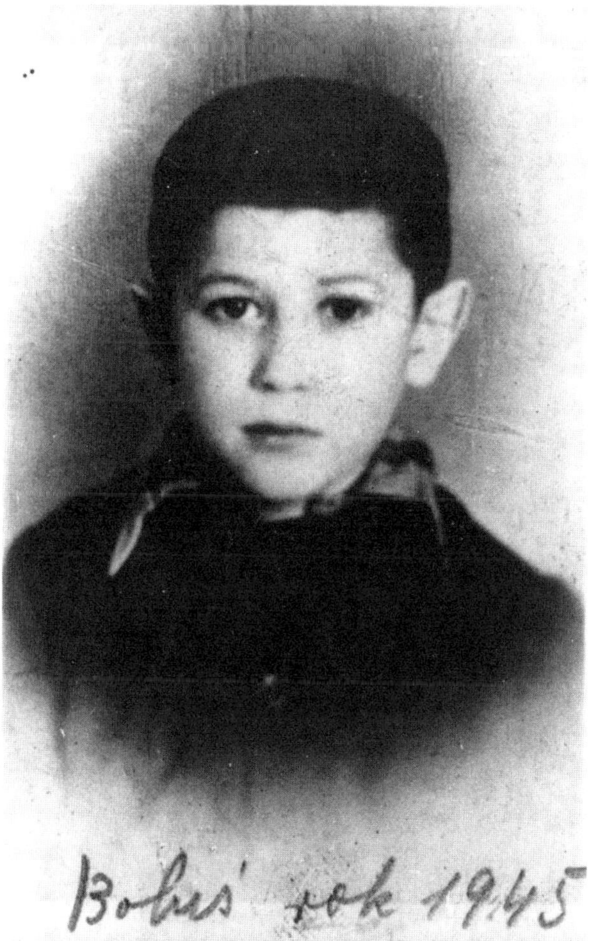

Bolus, 1945.

17. O fim da tensão

O comitê decidiu providenciar para os meninos documentos falsos, mas o preenchimento das certidões era um problema especial. Talvez possa parecer cômico, mas devia haver certa correlação entre a fisionomia da pessoa e o som do novo sobrenome.

Usavam-se principalmente certidões de paróquias católicas distantes, para impossibilitar qualquer controle. Assim, ficava fácil inventar a história de bolcheviques que mandaram famílias inteiras à Sibéria. Também eram utilizados sobrenomes que soavam como de camponeses: podia-se criar a história de um pai malvado ou de um sítio que fora incendiado durante os combates.

Escolhiam-se datas de nascimento que diminuíssem a idade das crianças tanto quanto possível. Além disso, muitas crianças já eram conhecidas com nome e sobrenome poloneses. Para estas, as certidões eram preenchidas de acordo com seus nomes arianos atuais.

Touro me passou detalhes exatos sobre idade, sobrenome e outras características pessoais de todas as crianças da praça Três Cruzes. As certidões, que eu recebia em branco, tinham de ser preenchidas à mão para não despertar suspeitas. Por isso, várias pessoas tiveram que me ajudar nesse trabalho.*

* Um deles era Leon Handelsman, colaborador no Movimento de Resistência Judaico. [N.A.]

Receber documentos falsos foi para as crianças uma alegre surpresa. Para a maioria, tratava-se da primeira comprovação de "que eram arianos". Mas isso não parou por aí. Dias depois decidimos dar a elas carteiras de estudante. As crianças se recusavam a se deixar fotografar, suspeitando das intenções desonestas de uma tal "polonesa da organização", encarregada de tais questões. Tal receio para mim era compreensível. Minhas negociações com os meninos demoraram alguns dias, e foi Touro que resolveu a situação.

As autorizações escolares eram originais e figuravam entre os documentos oficiais das escolas polonesas. Isso foi resolvido pela senhora polonesa Janina Buchholc, que ajudou inúmeros judeus escondidos. Em seu escritório na rua Miodowa, onde atendia pedidos e fazia traduções oficiais, ela organizou um ponto de contato com o Movimento de Resistência Judaico.

Munidas de certidões de nascimento e de carteiras de estudante, as crianças tinham mais coragem e esperança, sua autoconfiança aumentou. Movimentavam-se pela cidade mais livremente do que antes. Em caso de necessidade já possuíam documentos para apresentar, o que significou um grande avanço em suas vidas.

Com as carteiras de estudante e o fim das desconfianças, a implicância dos rapazes poloneses também terminou. E os meninos judeus ainda inventavam uma série de histórias sobre a escola, as aulas cabuladas e as lições de casa não feitas. Gabavam-se, dizendo que não se interessavam pelos estudos. Quanto mais se faziam de valentões, mais respeito despertavam entre seus colegas poloneses da praça.

Porém, esse "descanso" não durou muito tempo. Naqueles dias fortaleceram-se em Varsóvia as atividades do Movimento de Resistência Polonês. Nos muros e calçadas, em todas as praças públicas, começou a aparecer uma palavra de ordem, escrita a giz colorido: A POLÔNIA VENCERÁ, ao lado do desenho de uma âncora, símbolo do Movimento.

Em muitos pontos da cidade houve ataques armados contra soldados alemães e contra colaboracionistas. Os alemães desfecharam então duras repressões contra a população civil. Em seus uniformes verdes, bandos de SS e da Gestapo passavam pela cidade em carros. O toque dos alarmes gelava o sangue nas veias. Várias ruas foram fechadas. Os alemães arrastavam pessoas dos bondes, revistando casas, porões e sótãos. A ronda policial incluiu a praça Três Cruzes. Os vendedores de cigarros se escondiam no jardim do Instituto para Surdos-mudos ou em outros lugares. Durante uma das rondas, os alemães pegaram Stasiek Mosze e mais cem outros e os levaram para um *lager* provisório na rua Litewska.

Os vendedores de cigarros entraram em pânico. Tinham medo de que Stasiek não aguentasse a pressão alemã e denunciasse os amigos. Os garotos deixaram a praça e se dispersaram pela cidade em pequenos grupos. Naquela noite, ninguém dormiu na casa da Vovó, tampouco na da sra. Lodzia e noutros lugares que Stasiek conhecia. Em vez disso, as crianças passaram a noite em ruínas.

Teresa escondeu-se na casa da sra. Kalota, que a recebeu de forma definitiva. Ela até lhe arranjou trabalho numa cozinha alemã na avenida Jerozolimskie. Teresa mantinha tudo em ordem, lavava o assoalho e levava cigarros e jornais para os soldados. Duas moças polonesas trabalhavam com ela. Teresa logo se ambientou ali, tornando-se amiga de uma das moças. Após o trabalho, iam juntas para casa. Ouviam pelo alto-falante as notícias do front, alegrando-se com as derrotas dos alemães. Aos domingos iam juntas à igreja. Teresa representava muito bem seu papel, mas não esquecia os amigos, visitando-os de vez em quando e participando de seus assuntos.

Pawel e Zenek conseguiram encontrar uma senhora polonesa que não desconfiou que eram judeus. Convencida pelos documentos dos dois, deixou-os dormir na casa dela. A mulher os fazia rezar antes de dormir: os meninos se ajoelhavam diante da cama, murmurando alguma coisa sob o nariz. De manhã os primos – como haviam se apresentado – iam à cidade para vender jornais e cigarros.

Uma noite, a mulher deu uma grande festa. Quando os convidados conversavam, já meio embriagados, um deles disse que era de Lvov.

— Meus meninos também são de Lvov – disse a dona da casa, lembrando-se de suas certidões de nascimento.

O convidado começou a conversar com Pawel e Zenek, perguntando-lhes onde moravam. Suas respostas confusas despertaram nele certa desconfiança. De manhã, a própria dona da casa interrogou os meninos, que foram obrigados a fugir. Suas certidões ficaram queimadas, e eu tive de providenciar para eles novos documentos e novos nomes.

Touro, Zbyszek, Camponês e o Francês se mudaram com seus negócios para a Estação Ferroviária Central. No começo foi difícil se entenderem com os vendedores poloneses de cigarros, que nem olhavam para seus novos concorrentes. O chefe deles era um diabrete, de cabelos claros, que tinha o apelido de Bielas. Zbyszek, que sabia uma porção de xingamentos, logo se ligou a ele. Desde então, Bielas se tornou mais gentil com os outros meninos judeus. Estes, com medo, evitavam o polonês, mas ele não estava nada a fim de manter distância: vivia dizendo que simpatizava com os meninos judeus, o que era bem inquietante. Dava para desconfiar de que alguma surpresa estava sendo preparada. (Após a guerra, para espanto de todos, evidenciou-se que Bielas também era judeu.)

Coxo, Napa, Dentinho e o Pequeno Stasiek se mudaram para a Estação Leste, onde vendiam cigarros com Jurek e Wladek. Também trocavam cartões-postais por cigarros e enlatados com os alemães que tinham voltado do front.

Lá eles encontraram um garoto de nove anos, de cabelos loi-

Jurek (ao centro) vendendo cigarros na Estação Leste, 1944.

ros, que também negociava cigarros. Logo entenderam que se tratava de um judeu e começaram a conversar com ele.

— Você sabe quem eu sou? Não imagina? – quis pô-lo à prova Dentinho.

— Olhe para esse e logo saberá, cabelo de cenoura – acrescentou Jurek, apontando para Napa.

O garoto ficou branco de medo, achou que estavam querendo lhe passar uma rasteira.

— Não tenha medo, também somos *amcho* – murmurou Napa.

Não demorou muito e Cenourinha confessou que era judeu. Iniciou-se então uma conversa amigável. Mais confiante, o pequeno contou para eles que, vendendo cigarros, sustentava a mãe, que estava escondida em Brzeska. Ela não podia sair à rua porque não tinha documentos, e ele mesmo corria perigo por também não possuí-los.

Touro se condoeu ante a situação de Cenourinha e no mesmo dia me informou que tinham encontrado outro menino judeu.

Dias depois, Cenourinha e sua mãe receberam de mim documentos falsos e dinheiro para poderem esconder-se. Como agradecimento, a mãe do menino passou a lavar a roupa dos vendedores de cigarros. Isso era muito importante para os cuidados com a higiene das crianças e também influía na aparência delas, diminuindo a desconfiança sobre sua origem.

Um dia, chegou a notícia de que que Stasiek Mosze tinha conseguido fugir do *lager* e voltara à praça Três Cruzes. Todos foram vê-lo: estava magro e tinha a cabeça raspada. Alguns meninos, que gostavam de apelidar as pessoas, começaram a chamá-lo de Careca.

A praça reviveu e todos voltaram a seu antigo trabalho. E, de novo, persistentes, eles brigavam por todo freguês.

— Pensei que vocês tinham se afogado! – recebeu-os a vovó da rua Krucza.

Assim ela expressou seu contentamento ao encontrá-los com vida. Dentinho voltou à casa da sra. Lodzia.

Os vendedores poloneses de cigarros perguntaram aos meninos judeus por que estavam havia tanto tempo sem aparecer. Cada um respondeu à sua maneira: um, porque esteve doente, outro, porque a tia morrera, outro ainda, porque havia encontrado um novo ponto, local reservado para os alemães. Alguém contou que estivera preso na delegacia de polícia por vender cigarros falsificados.

Só Careca não queria mais vender cigarros. Tinha sido tratado como adulto pelos alemães durante a ronda policial, além disso, já contabilizava uma fuga do *lager*. Esses eventos tinham despertado nele um sentimento de superioridade em relação aos outros vendedores. Ficava sentado na barraca dos bondes da praça. Os operários dos bondes lhe davam aguardente e lhe ensinaram a jogar cartas. Aparecia bêbado na praça, causando medo aos garotos poloneses. Todas as vezes que defendia os meninos judeus mais novos, exigia pagamento em troca.

— Viram como eu briguei por vocês? Então me deem dez *zlotes*.

Os meninos não se apressavam em pagar-lhe, mas o medo de que Careca não os defendesse numa próxima vez acabava vencendo. Queixaram-se para Touro, que repreendeu Careca pelo mau comportamento. E ele respondeu:

— E você quer o quê? Que eu arrisque minha cabeça de graça?

Várias vezes Careca obrigava os vendedores de cigarros judeus a beberem o dinheiro ganho, num bar próximo, com os rapazes poloneses.

Em nossos encontros diários, Touro me informava de tudo que acontecia na praça. Eu ia até lá raramente para os meninos não perceberem o porquê das minhas visitas.

Conversamos bastante na Comitê sobre o caso Careca, mas não conseguimos modificar sua conduta. Isolá-lo dos outros meninos contra sua vontade era realmente impossível. Tínhamos de levar em conta que ele defendia as crianças, e nosso objetivo era, em primeiro lugar, mantê-las com vida. Por isso, os motivos educacionais tinham de ser adiados, e resolvemos não nos intrometer nesse assunto.

Nessa época, o frio aumentou muito. Parados na praça com os cigarros, os meninos batiam os pés ou largavam a caixa de mercadorias no chão para esquentar as mãos soprando-as. De manhã, iam ao mercado Rozycki para tomar um café com pão e comprar cigarros. Lá eles tinham oportunidade de arranjar um agasalho usado. Como se alimentavam melhor, muitas de suas roupas não serviam mais. Mas eles ganhavam bem, de modo que sobrava dinheiro para comprar peças maiores. Alguns até começaram a se vestir com elegância e iam mais frequentemente ao banho público.

Foi em uma dessas idas ao banho que os meninos encontraram logo na entrada três garotos. Dois deles pareciam suspeitos.

18. O trio de Praga

Um dos garotos do banho público chamava-se Izaak, mas, uma vez do lado ariano da cidade, havia trocado seu nome para Stasiek. Ali, iniciou sua carreira como engraxate na Estação Ferroviária Central.

Os fregueses lá eram muitos, e mais de dez engraxates se desdobravam para dar conta do serviço. Stasiek, também conhecido como Izaak-Stasiek, tornou-se amigo de um deles, um simpático menino polonês, Romek, que por causa de uma madrasta malvada fugira de casa. Izaak-Stasiek lhe contou sua história: os alemães tinham levado seu pai para a Prússia e a mãe trouxera o amante para casa. Nessa situação, ele tinha decidido fugir.

Logo os dois se tornaram sócios. O dia inteiro engraxavam os sapatos dos soldados alemães e à noite iam dormir em ruínas. Durante duas semanas, passaram as noites num latão em que era recolhido todo o lixo do bairro, até que um lixeiro os expulsou de lá.

Tarde da noite, entravam furtivamente nas hortas da colônia Staszik, onde dormiam nos barracos. Após dois meses, o vigia noturno os encontrou e expulsou, de modo que tiveram que procurar outro lugar para dormir. Na esquina das ruas Sucha e Filtrowa, havia um caixote com areia: os garotos jogaram a areia fora, enfiaram-se no caixote e cobriram-se com seus blusões. O frio os castigava sem dó, a neve e a chuva pingavam dentro do caixote. De manhã, iam então correndo até os quartéis, onde se esquentavam junto a um forninho a carvão.

Certa vez, Izaak-Stasiek reconheceu por acaso na rua um garoto de catorze anos: era Kuba, seu ex-amigo do gueto. Conversaram numa rua próxima.

— Você está vindo de onde? – perguntou-lhe Izaak-Stasiek.

— Depois da primeira ação fugi do gueto com minhas duas irmãs.* Elas ganham bem cantando nas ruas e em restaurantes. Conheci um grupo de músicos de rua, inválidos da guerra, que eu acompanho cantando pela cidade. Não ganho mal, passo as noites com eles no asilo Gigante, na rua Jagiellonska.

— E te deixam entrar? – desconfiou Izaak-Stasiek.

— Enfiei dez *zlotes* no bolso do vigia e contei para ele que sou um deportado do Reich. Se você não tem onde dormir, venha comigo ao Gigante, eu resolvo tudo com o vigia.

Izaak-Stasiek combinou com Kuba que passaria a noite ali e disse para Romek que sua família estava exigindo que dormisse em casa.

À noite, Izaak-Stasiek foi com Kuba ao Gigante. O vigia, após receber os dez *zlotes*, levou o menino ao escritório: um padre franciscano registrava os recém-chegados.

— Sou um deportado de Bydgoszcz – principiou Izaak-Stasiek. — Fugi de casa porque minha madrasta me batia. Meu nome é Stanislaw Kowalczyk e não tenho documentos porque me roubaram.

— Sim, sim, eu o conheço – confirmou o vigia, e o menino foi aceito.

Izaak-Stasiek e Kuba entraram numa sala enorme. Uma lamparina elétrica dava ao lugar um aspecto de quartel. Nos dois lados da sala havia uma fileira de beliches, de onde surgiram rostos

* Stefcia e Marysia, que já conhecemos da praça Três Cruzes.

sujos e barbados com olhos infectados. Centenas de pessoas passavam a noite ali: criminosos, na maioria, mas também velhos e aleijados. Dos bolsos de alguns despontavam garrafinhas com aguardente caseira ou vinho. Brigas e bate-bocas eram acontecimentos normais. Se um novo hóspede chegasse e não se enquadrasse naquelas condições, durante a noite ele já ficava sem sapatos e sem calças. De manhã os padres distribuíam chá quente e pão. Aos domingos, eram todos conduzidos à igreja.

Kuba, que tinha uma vozinha bonita, foi levado ao coro pelos padres. Durante a semana, cantava nos pátios várias canções, mas aos domingos só músicas religiosas. Já Izaak-Stasiek e Romek engraxavam os sapatos dos alemães.

Quase toda semana a polícia entrava no Gigante, para vistoriar e controlar os documentos. Para escapar dessa vigilância, Izaak-Stasiek e Kuba costumavam chegar mais tarde, após a vistoria. De tempos em tempos, a polícia, cercando o asilo de manhã, levava todos para o banho público, ocasião em que os meninos faziam de tudo para se esquivar. O vigia os ajudava, facilitando a saída pela porta de trás, mas, percebendo que havia algo de errado com eles, passou a extorquir-lhes dinheiro para tomar vodca.

Uma noite, indo para o Gigante, Izaak-Stasiek encontrou na rua um menino de catorze anos, Leon, que era seu conhecido do gueto. Estava roxo de frio, então Izaak-Stasiek sugeriu-lhe que fosse dormir no asilo. Repetiu-se então o procedimento já conhecido: o vigia recebeu dez *zlotes* e logo o registro do menino foi resolvido. Leon ficou contente com o lugar para dormir e com o pão e chá dos padres, que havia muito tempo não tomava.

Certa vez, quando Izaak-Stasiek estava remendando o casaco rasgado no seu beliche, outro menino entrou na sala. Sob a luz fraca da lâmpada era difícil reconhecê-lo. Assim que o outro se aproximou do beliche, Izaak-Stasiek reconheceu Romek. Prendendo a respiração, cobriu-se com o casaco para esconder o rosto, mas era tarde, seus olhares se cruzaram.

— O que você está fazendo aqui? – admirou-se Romek. – Você não disse que tinha de dormir em casa?

Izaak-Stasiek calou-se. Romek olhou-o direto nos olhos, depois lançou um olhar para Kuba e Leon, deitados perto dele. Desconfiou de alguma coisa.

— Deite-se perto de mim, que eu lhe conto tudo – disse Izaak-Stasiek afinal. Pediu a Romek que jurasse não revelar aquele segredo para ninguém. Confessou ser judeu e apresentou-lhe os outros amigos.

Desde então os quatro se tornaram um grupo unido. Juntos sentiam-se melhor no asilo noturno durante as brigas intermináveis. De manhã, os garotos se separavam e iam perambular pela cidade.

Leon pedia esmolas nas lojas. Um dia, entrou no dispensário de comida da sra. Jappo, na rua Szeroka.

— A senhora não tem alguma coisa para me dar? Sou órfão – murmurou.

A dona olhou-o de baixo a cima.

— Um menino tão novo, e já pedindo esmolas! Vá trabalhar! Não se arraste pelas ruas – repreendeu-o.

— Procurei trabalho por toda parte, mas não encontrei.

— Então volte amanhã que eu te arranjo um serviço – a mulher foi mais gentil.

No dia seguinte, ele estava na cozinha da sra. Jappo sentado num banquinho, com um avental até abaixo dos joelhos. Descascava batatas e ganhava comida em troca. À noite, a dona do dispensário lhe dava bolinhos de carne que haviam sobrado do almoço. Leon levava-os ao Gigante, distribuindo-os entre os amigos; por isso o apelidaram de Bolinho.

Kuba perambulava pelos pátios com o grupo de músicos-

-inválidos, cantando canções. Com o tempo começaram a desconfiar de que era judeu; de início, isso se expressava por insinuações, que se tornaram cada vez mais fortes. Pressentindo o perigo, decidiu fugir de Varsóvia. Na feira conheceu um camponês de Zombrow com o qual foi trabalhar como ajudante, e acabou ficando com ele até a libertação.

Izaak-Stasiek e Romek mudaram de ponto, indo engraxar sapatos na rua Szeroka, na qual estavam aquartelados soldados alemães. Deles os meninos compravam várias coisas: cigarros, enlatados, roupas militares, que revendiam no mercado Rozycki. Mantinham contato com um intermediário do Movimento de Resistência Polonês e com sua orientação compravam uniformes e sobretudos militares.

Tempos depois transferiram-se para a rua Tlomackie: no prédio da ex-biblioteca judaica havia lojas alemãs. Numa delas Izaak-Stasiek e Romek compravam grande quantidade de uniformes militares, que numa carroça transportavam para Bernska, para o endereço que o intermediário lhes indicava. O transporte de objetos militares roubados implicava risco de vida. Por isso, os rapazes recebiam do intermediário documentos falsos da organização alemã de construção civil Todt, onde também trabalhavam alguns não alemães.

Toda semana, o intermediário acertava as contas com os garotos. O transporte de objetos não era simples. Com grande importância, Izaak-Stasiek e Romek iam sentados na carroça sobre os sacos com mercadorias e usavam uniformes da Todt, que tinham suásticas nas mangas. Mas a coisa ficou mais difícil quando houve uma troca de intermediários e os garotos precisaram transportar os objetos para o distrito de Praga, na rua Jagielonska, ou para Minsk, onde outro intermediário os receberia.

Uma noite, em novembro de 1943, quando eles estavam na carroça repleta de uniformes, soldados os pararam na ponte Kerbedz para uma vistoria. Izaak-Stasiek pulou da carroça, aproximando-se sem medo de um soldado. Saudou-o com *Heil Hitler* e informou em língua alemã estropiada que levava uniformes alemães e sobretudos para sua repartição militar em Praga. Depois mostrou a autorização falsa da organização Todt. O soldado exigiu uma autorização para transporte, e Izaak-Stasiek lhe respondeu que esse documento estava com seu lugar-tenente, que tinha ido de bonde. Sugeriu ao soldado que os acompanhasse para se convencer disso por si mesmo. A autoconfiança dos garotos influiu sobre o soldado, que os autorizou a seguir. Tudo não levou mais que alguns minutos. Porém, bastaria uma palavra a mais, um movimento incorreto, para a história ter um fim trágico para os garotos.

Depois de concluírem a tarefa e os acertos com o intermediário, Izaak-Stasiek e Romek foram com Bolinho ao banho público. Lá encontraram os vendedores de cigarros, que os convidaram para ir à praça Três Cruzes.

— Estou vendo que vocês são espertos e dão sempre um jeito – disse Romek, tratado como um judeu pelos vendedores de cigarros.

— E nós compramos dos soldados alemães o que é possível, dormimos no Gigante. Se vocês não têm onde passar a noite, venham com a gente, eu resolvo – sugeriu Izaak-Stasiek.

Essa sugestão chegou na hora certa, porque um dia antes tinha acontecido um incidente desagradável na casa da Vovó. Os vendedores de cigarros voltaram alegres após um dia de trabalho e subiram para o sótão, onde se deitaram para dormir depois de um pouquinho de bagunça. De repente, o sótão, apodrecido, deu um gemido, desabando por causa do peso do grande número de "inquilinos". Os meninos tombaram envoltos nas cobertas, dentro de uma nuvem de poeira. Alguns se machucaram bastante.

Foi uma confusão terrível. A Vovó começou a xingar e a praguejar. As madeiras do sótão se espalharam por todo o quarto. Era um perigo, pois os vizinhos poderiam vir correndo por causa do barulho. Por sorte isso não aconteceu.

Os meninos ficaram preocupados. Sentados num canto, dormiram um pouco. De manhã consertaram o sótão, receosos de que a Vovó os expulsasse. Resolveram que os principais culpados pela catástrofe, Bolinho e Camponês, se mudariam para o Gigante.

No Gigante os garotos sentiam-se bem. A meia-luz tornava difícil distinguir os rostos, o que facilitou a vida de Bolinho e Camponês. Quando precisavam falar com os moradores ou com os diretores do asilo, era sempre Romek, o cem por cento polonês, quem fazia o papel de porta-voz. Ele era para eles ótima referência. Por sua vez, Romek sentia-se feliz por não estar sozinho, agora era membro de uma grande família de vendedores de cigarros.

No final de 1944, soldados alemães foram ao Gigante para prender Izaak-Stasiek. Parece que o denunciaram por negociar roupas militares. Por sorte ele não estava no asilo, mas, daquele dia em diante, não pôde mais aparecer por lá. Conseguiu um lugar para dormir na rua Bugaj, pagando cem *zlotes* mensais. Ele se apresentava como Stanislaw Kowalczyk.

Quando a dona da casa exigiu que mostrasse seus documentos, o garoto começou a desconversar, o que a deixou desconfiada. As ameaças de expulsão começaram. Como Izaak-Stasiek não tinha para onde ir, dava dinheiro e presentes à senhora. Dias depois, entreguei para ele documentos falsos com outro nome: Stanislaw Wisniewski. Com a mudança do nome, declarou para a dona da casa que pertencia ao Movimento de Resistência Polonês. Isso agradou à mulher, que concordou em mantê-lo em casa, principalmente porque, além do pagamento normal e dos presentes, Izaak-Stasiek lhe trazia de tempos em tempos uniformes alemães. A mulher os tingia para vendê-los no mercado.

Certa vez, Izaak-Stasiek e Romek, andando pela rua Iasne, encontraram perto do restaurante Monskie Oko um garoto de dezesseis anos, que ali trabalhava como mensageiro. Após curta conversa os três fizeram as apresentações: Maisterek também era judeu. Quando soube da existência do grupo de meninos judeus, deixou seu emprego no restaurante e passou a ajudar Izaak-Stasiek e Romek no transporte de uniformes alemães para o Movimento de Resistência Polonês. Eles ganhavam bem fazendo isso e ajudavam muitas vezes com dinheiro os meninos da praça. Causavam forte impressão nos rapazes poloneses quando apareciam na praça Três Cruzes usando o uniforme Todt, com a suástica na manga, e inspiravam confiança e orgulho em seus amigos judeus.

19. Aqueles que sucumbiram

Alguns meninos tinham outra fonte de renda. O dia inteiro negociavam na praça e à noite iam ao Teatro Novo, uma hora antes do espetáculo, onde compravam entradas, vendendo-as depois por um preço um pouco maior.

Certa vez, dois meninos ficaram com algumas entradas sobrando e esperaram por espectadores atrasados, mas nada conseguiram.

— Venha, garotada, nada de tristeza, hoje é a gente que vai ao teatro. Por quê? Não podemos? – falou Careca.

Dentinho, Coxo e Zbyszek entraram no teatro com ele. Um dos bilheteiros impediu-os de entrar.

— Pra fora, bastardos! – gritava.

— Senhor, não tem nenhum bastardo aqui! – disse Zbyszek.

— Pelo menos eu sou mesmo bastardo da minha mãe, já você... – acrescentou Careca.

— Ora, a gente tem entradas – explicou Coxo.

O caso chegou ao diretor, e ele concordou que os garotos assistissem à peça. Orgulhosos, entraram no teatro, ocupando lugares nas primeiras fileiras. Alguns espectadores levantaram-se das poltronas e os observaram, mas ninguém imaginou que eram judeus.

Os meninos ficaram até o final da peça e fizeram observações irônicas sobre os atores, para descontentamento ou satisfação de alguns espectadores. Muitos deles os conheciam da praça Três Cruzes e várias vezes tinham ouvido suas discussões e brigas.

Orgulhosos de sua atitude corajosa, contaram tudo aos amigos na casa da Vovó. Entretanto, Touro os advertiu de que não deveriam ter se exposto no meio de tantas pessoas. Quando se defenderam, dizendo que não tinham nada a temer porque estavam com os documentos em ordem, ele apontou para a aparência judaica de Coxo e explicou-lhes que os documentos deveriam servir como proteção diante de um perigo, e não para ações irrefletidas.

E logo ficou provado que Touro tinha razão. Dias depois, andando pela rua, Coxo notou que alguém o seguia. Touro então o alertou para só sair de casa para ir ao trabalho na praça. Mas as precauções foram inúteis.

Um dia alguns *shmalzers* jovens encontraram Coxo na avenida Jerozolimskie e o seguiram até a praça Três Cruzes. Coxo estava distraído e nada percebeu. Os *shmalzers* se esconderam atrás da igreja, perseguiram os meninos de aparência judaica e os atacaram, tirando-lhes o dinheiro e os cigarros. Mas não se meteram com os maiores "de boa aparência" – Careca bateu até jorrar sangue num dos *shmalzers*, que fugiram.

Algumas horas depois, eles voltaram e a luta recomeçou. Desta vez não atacaram os judeus, mas os poloneses que os tinham defendido. A briga demorou bastante, terminando com a derrota dos *shmalzers*. Estes fugiram prometendo que voltariam no dia seguinte.

Então alertamos o trio de Praga para que viesse com urgência à praça. Izaak-Stasiek e Romek, em sobretudos da Todt alemã, ficaram circulando à espera dos *shmalzers*. Logo apareceram quatro rapazes de catorze ou quinze anos e energicamente exigiram dinheiro de Coxo. Foi quando Izaak-Stasiek, Romek, Touro e Careca intervieram, empurrando os chantagistas para dentro de um pátio. Ali houve uma rápida discussão e Romek começou a dar-lhes pauladas. Os *shmalzers* tentaram escapar, mas Izaak-Stasiek cortou o caminho deles e mandou todos para longe a pontapés.

— Se mexerem outra vez com algum dos meninos, eu mato vocês que nem cachorros – gritou para os chantagistas.

Porém, nem isso adiantou, não paravam de se meter com os meninos. A situação se tornou horrível, como nos tempos de Bolus. Foi necessário isolar alguns deles, até a perseguição acabar.

Depois de muita negociação, conseguimos convencer a sra. Lodzia de Saska Kepa a aceitar três meninos. Como Dentinho já dormia na casa dela, acrescentamos nesse esconderijo mais dois, os mais ameaçados, Coxo e o Pequeno Stasiek.

Coxo sofreu muito ao se separar da praça e, principalmente, de Teresa. Estava com ela desde o início, e tinha se ligado ainda mais à garota quando sua irmã Basia foi embora. Mas Teresa, objetiva como sempre, conseguiu convencê-lo de que não havia outra saída para garantir a segurança dele.

Tudo correu bem na casa da sra. Lodzia, que ensinou os meninos a ler, escrever, fazer contas, usando os livros que eu lhes dera. Passavam o tempo todo em seu quartinho limpo. Só se escondiam no banheiro quando ouviam passos estranhos. O Comitê Nacional Judaico cobria as despesas com o sustento, a alimentação e a educação das crianças.

Como Dentinho, Coxo e o Pequeno Stasiek não podiam aparecer na praça Três Cruzes, uma vez por semana Touro e eu visitávamos os meninos que estavam isolados, para lhes transmitir notícias dos outros vendedores de cigarros.

Nessa época, a Organização começou a reunir escritos sobre os acontecimentos da ocupação alemã. Intermediários especiais se esforçaram para convencer aqueles que estavam sob sua supervisão a escreverem diários. Para os escondidos tratava-se de uma atividade muito benéfica, e o arquivo da organização se enriqueceu com muitos materiais novos. Estimulamos algumas crianças a terem diários oferecendo recompensas. Como Dentinho e Coxo já sabiam escrever, eu também os incentivei. Assim, chegou ao arquivo do Comitê um interessante diário de Dentinho, em que narrava acontecimentos de sua vida durante o levante do gueto de Varsóvia.

Para tentar evitar a bagunça, a sra. Lodzia não saía de casa sem deixar para as crianças alguma tarefa. Mandava-as escrever ou lavar a louça. O Pequeno Stasiek obedecia à dona da casa, Dentinho e Coxo, ao contrário, davam um pouco mais de trabalho. Alimentados e descansados, não paravam quietos; sentiam-se seguros naquele lugar afastado onde a sra. Lodzia morava. Assim que ela saía de casa, largavam os livros, os cadernos e as tarefas e começavam a aprontar.

Certa vez, quando a sra. Lodzia saiu, jogaram damas, mas logo, entediados, procuraram outro passatempo. Num canto do quarto havia uma cômoda fora de moda com um grande espelho e perto estava pendurado um prato de metal, que tinha desenhada uma paisagem.

— Vamos ver quem acerta – sugeriu Dentinho.

Jogou um chinelo e acertou: o prato fez um ruído metálico.

— E você? – dirigiu-se a Coxo.

Coxo pegou do chão uma escova para limpar sapato e jogou. Novamente um barulho – só que dessa vez diferente. Uma rachadura apareceu no comprimento e outra na largura do espelho. Os meninos correram até o espelho e percorreram com os dedos a rachadura: olharam-se em pânico.

— O que vai acontecer agora? Vamos fugir! – gritou Coxo.

Deixaram o Pequeno Stasiek chorando e voaram para a praça Três Cruzes, onde contaram tudo para Touro. Este ordenou que voltassem imediatamente à casa da sra. Lodzia. Dentinho obedeceu, tomou um bonde e voltou.

Entretanto, Coxo teve medo. Em sua imaginação, o fato de ter quebrado um espelho tomou a proporção de um grande crime. Ficou andando quase uma hora pela praça, até que por fim resolveu voltar para casa. Mas depois Coxo sumiu, ninguém sabia o que acontecera com ele. Dias depois, um vendedor de cigarros polonês contou que tinha visto na avenida Szuch um ucraniano arrastar Coxo para a Gestapo.

Zbyszek, como sempre, levou na brincadeira:

— Abaixo os tolos! Com certeza já tem uma cruz em cima dele.

E acrescentou uma piada macabra:

— Aqui é a praça Três Cruzes. Uma cruz a gente já tem!

Essa profecia fez os outros meninos tremerem. Enfim Touro alertou Zbyszek:

— Tome mais cuidado senão é você que logo vai ganhar uma cruz!

Enquanto isso, a primavera chegava ao fim. O front se deslocava cada vez mais para o oeste. Em conversas particulares os alemães já começavam a se lamentar da guerra mais frequentemente e a se declarar contrários ao *Führer*.

Na segunda metade de maio de 1944, Kazik, o Francês, estava parado diante do prédio da Associação Cristã de Moços quando um jovem da SS que o conhecia de Paris o avistou. O soldado, que falava muito bem francês, convidou o rapaz para irem a um restaurante, lá pedindo os melhores pratos. Depois foram ao cine Apolo. Sempre falando sobre Hitler e a guerra, o soldado em seguida levou o garoto à sua casa dizendo que queria mostrar fotos do front. Não pressentindo mal algum, o Francês concordou. Ele até se gabou para os colegas do amigo importante que havia encontrado. Um dia saiu com o alemão mas não voltou mais: o soldado o levou para a avenida Szuch, à Gestapo.

Os garotos entraram em pânico. Não perdoavam a imprudência de Kazik. Além disso, temiam que ele, sob tortura, os denunciasse a todos.

Apenas Zbyszek não se impressionara com o encontro.

— Eu não disse? Agora vocês já têm a segunda cruz. Vamos ver quem será o terceiro – ele fez a piada de costume.

Mas dessa vez Touro não aguentou e com toda a força lhe deu um tapa na cara.

Os vendedores de cigarros deixaram a praça e fugiram dos esconderijos que Kazik conhecia. A casa da Vovó e a da sra. Lodzia foram esvaziadas por um tempo. Os meninos se arrastavam pela cidade. O contato constante que eles até então mantinham foi interrompido, exceto por encontros casuais na rua. Dormiam em ruínas, em sótãos. Por sorte, o tempo os ajudou: chegara o calor.

Nessa época, os garotos às vezes se encontravam no rio, onde nadavam para se refrescar.

Num desses passeios, o Pequeno Stasiek, afastando-se da margem do rio, começou a se afogar. Todos se jogaram na água para salvá-lo. Romek, que sabia nadar bem, tirou da água o pequeno e o entregou aos amigos, mas sentiu uma cãibra na perna e, antes que os outros meninos conseguissem perceber o que havia acontecido, foi arrastado por uma corrente. Chamaram a polícia marítima. Os garotos de aparência semita se afastaram, mas ficaram observando na ponte Poniatowski a chegada dos salva-vidas. Os outros se juntaram à polícia para procurar Romek na água, mas foi em vão. No dia seguinte o corpo apareceu na Pelcowisna.

A família de Romek, Izaak-Stasiek, Touro, Careca e Zbyszek acompanharam o enterro, dois dias depois. Lembraram-se de Coxo e do Francês, que não tiveram a sorte de ter uma sepultura. Perto da cruz, sobre o túmulo do amigo, Izaak-Stasiek depositou uma coroa de flores, em nome do grupo.

Tinham perdido Romek, amigo dedicado quando precisavam de ajuda e um defensor deles nos momentos difíceis.

Meu contato com os vendedores de cigarros complicou-se. Procurar crianças em vários pontos da cidade me deixou numa situação horrível. Aliás, o trabalho de assistência não podia continuar como era. E houve a questão com Careca, que passou das medidas.

Casualmente eu o encontrei muito nervoso na Nowy Swiat. Logo que me viu, pediu que lhe arranjasse documentos com um novo nome porque os atuais estavam "queimados". Sua conduta revelava bastante urgência. Peguei a foto para a certidão, prometendo trazer novos documentos tão rápido quanto fosse possível. Mas não era só isso.

— Preciso receber mil e quinhentos *zlotes* mensais – disse cortante –, senão eu sei o que vou fazer.

Essa ameaça me enervou, porque parecia chantagem.

No começo expliquei que ele já recebia quinhentos *zlotes* mensais, como todo judeu adulto, o que dava para uma vida razoável. Mas Careca continuou com exigências. Considerando suas palavras excessivas, prometi que transmitiria seu pedido aos membros da organização. Combinamos um prazo e o lugar do nosso próximo encontro.

Na Organização, decidiu-se logo como acabar com as atitudes inadequadas do rapaz. Deveríamos tomar medidas drásticas. Na hora combinada, no meu lugar, apareceram dois senhores, meus conhecidos. Reconheceram depressa o rapaz pela foto e o levaram para um pátio. Um dos homens, com um revólver na mão, leu a falsa sentença de morte, que tinha sido dada a Careca pelo Movimento de Resistência. Motivo: chantagem contra judeus. Meu nome estava entre os chantageados.

O rapaz empalideceu. Suplicou que não o matassem, beijando as mãos dos homens. Depois de uma rápida deliberação, os dois disseram a Careca que, já que ele se mostrava arrependido, estavam prontos a suspender a execução da sentença. Mas com um porém:

— Se soubermos que se meteu com alguém, nós o mataremos na hora – ameaçaram-no antes de se irem.

Desde então, Careca se tornou o mais dócil de todos.

O caso com Careca nos fez decidir que deveríamos iniciar outra forma de auxiliar os vendedores de cigarros. Logo encontramos uma saída para essa situação.

Graças aos esforços de Basia, contatamos a sra. Dargielowa, a supervisora da RGO. Ela concordou em dar assistência aos garotos judeus. Visto que eles já tinham documentos arianos, foram registrados na RGO como órfãos poloneses. Muitos, ao inscreverem seus dados, já tinham esquecido os nomes de seus supostos pais, mas a sra. Dargielowa, com toda a cautela, sussurrava para os jovens nomes poloneses adequados.

Após alguns dias, todas as crianças receberam cartões que as autorizavam a almoçar na cozinha da Nowy Swiat, 9. Diariamente, na hora do almoço, elas vinham de todos os cantos da cidade e contavam umas para as outras as novidades do dia.

Pensou-se também nas roupas das crianças. Na verdade, a maioria se vestia por conta própria e de acordo com o próprio gosto. Mas, naquelas condições de vida, suas roupas rapidamente se rasgavam e mais depressa ainda os sapatos.

Logo que recebi da Organização a quantia necessária, comprei para as crianças na loja da sra. Broska um vestuário completo e também sapatos. Organizei tudo em pacotes, um para cada menino, com o respectivo nome ariano. Entreguei os pacotes e o dinheiro para a sra. Dargielowa na RGO, que as crianças procuravam a cada duas semanas.

Enquanto isso, o front leste se aproximava: os militares soviéticos atacavam fortemente, duros combates ocorriam na parte leste da Polônia. Todos os dias, havia informações sobre muitas cidades libertadas. Em Varsóvia o clima era tenso. O semblante dos alemães fugindo em pânico anunciava a libertação próxima. De boca em boca espalhava-se a notícia sobre o levante, que deveria ocorrer a qualquer momento. No dia 1º de agosto de 1944, irrompeu o Levante de Varsóvia.

20. No limiar da libertação

A tensão crescia de hora em hora. Prevendo pesados combates em Varsóvia, recomendei aos vendedores de cigarros que fossem o mais rápido possível para o outro lado do Vístula. Alguns se recusaram categoricamente.

— Queremos estar aqui durante o levante – disseram.

Meus argumentos de que deveriam ir para longe das batalhas não adiantaram; já se sentiam adultos.

— Ao contrário de Bolus, que precisa ser salvo – argumentavam.

A aproximação do front fez a família Idzikowski mudar-se de Grochow para seu sítio em Michalin, levando consigo Bolus.

O setor "Fileiras cinzentas" do Movimento de Resistência Polonês, em que Touro se encontrava, recebeu uma ordem para ir a leste. Na madrugada de 29 de julho de 1944, esse setor dirigiu-se a Pilawa, que na época já estava ocupada por militares soviéticos. Mal chegaram a Garwolin, depararam com os primeiros tanques soviéticos. Assim, Touro, o líder do grupo de vendedores de cigarros, foi o primeiro a ser libertado. Nessa mesma época, Kuba foi libertado perto de Zambrow. Wladek e Jurek estavam com outros judeus num bunker em Swidev. No dia 30 de julho foram libertados por militares soviéticos e pelo Exército polonês.

No porão do sítio de Idzikowski estava Bolus, que passou minutos difíceis porque naquela região houve combates violentos.

As casas tremeram por causa dos bombardeios, as metralhadoras destroçaram árvores.

Cenourinha e sua mãe se esconderam em Praga. Zbyszek se encontrava no Gigante, de onde foi enviado com outros poloneses para o Reich pelos alemães.

Quando estourou o levante, Napa estava em Saska Kepa. Foi à casa de um tal Chmielczyk, para onde havia dias a sra. Lodzia levara o Pequeno Stasiek. Na casa dessa senhora na rua Radziwillowska só ficou Dentinho.

O front se aproximava do distrito de Praga. As pessoas fugiam de suas casas, levando só o indispensável. Dentinho encontrou em algum lugar uma carroça, na qual transportava os pertences dos fugitivos – dessa forma, ganhava alimentos e dinheiro. Napa e o Pequeno Stasiek acompanhavam Chmielczyk em suas excursões para pegar objetos deixados nas casas.

No dia 14 de setembro, Praga e Saska Kepa foram libertadas. Nas primeiras tropas que lá chegaram estavam alguns soldados judeus. Dentinho, Napa e o Pequeno Stasiek saíram à rua, onde se alegraram com o primeiro soldado judeu. Começaram a procurar os outros vendedores de cigarros; em Grochow encontraram Touro, que conseguira vir de Garwolin.

Rapidamente espalhou-se na região a notícia sobre as crianças judias salvas. Soldados e oficiais soviéticos e poloneses olhavam admirados para elas, fazendo perguntas sobre detalhes do que haviam passado.

No dia seguinte, um dos oficiais soviéticos levou os meninos a Michalin para encontrarem Bolus. Choraram de alegria. Dias depois, souberam que em Lublin havia um comitê judaico e para lá viajaram. O comitê estava repleto de judeus que haviam se salvado dos nazistas, além de outro grupo vindo da União Soviética com militares poloneses. Cada um deles procurava um parente, percorrendo com o dedo as listas afixadas nas paredes.

Os nossos meninos ficaram horas procurando num livro de registros, mas não encontraram o nome de nenhum parente.

— Olha! O nosso Amcho! – gritou Dentinho, de repente.

Correram até ele: foi novamente um encontro caloroso. Durante algumas horas contaram-lhe o que tinha acontecido nos últimos dias da ocupação alemã. Ao anoitecer, encontraram Jurek e Wladek. O grupo organizou um jantar de amigos num restaurante próximo.

Dias depois, Napa soube que suas duas irmãs haviam se salvado no campo perto de Varsóvia. No dia 29 de setembro chegou a Lublin um grupo de combatentes poloneses, que atravessaram o rio Vístula quando caíram as últimas posições de Powisle. Entre eles estava Careca, que se apresentara como voluntário logo no primeiro dia do Levante de Varsóvia. Os vendedores de cigarros perdoaram seus pecados da época da ocupação e assim ele retornou para o grupo.

Outros vendedores de cigarros, de vários lugares de Varsóvia, também se apresentaram nos postos militares logo que começou o levante.

Teresa, sua amiga polonesa e Halinka foram indicadas para o serviço sanitário da Cruz Vermelha. As irmãs Marysia e Stefcia se ligaram ao serviço escoteiro de intermediários. Sob o tiroteio das metralhadoras alemãs, elas levavam cartas e mensagens para as posições militares polonesas. Stefcia conseguiu um revólver e corajosa mostrou-o aos soldados. Ela recebeu o apelido de "Kaitek" e era a menina dos olhos da tropa.

Na rua Hoza, esquina da praça Três Cruzes, Camponês se juntou ao pelotão do tenente Topur: no começo teve função de intermediário, mas logo participou do ataque do seu grupo a Frascati. Após algum tempo, foi indicado para o grupo de combatentes como soldado regular, recebendo o apelido de "Pistolet". Bolinho lutou em Mokotowska na tropa do major Sarna.

Dentre todos, os irmãos Pawel e Zenek foram os que demonstraram maior coragem durante o Levante de Varsóvia. Ao se iniciar a resistência, eles se apresentaram com outros garotos para se alistar nas fileiras dos combatentes. A pouca idade era um empecilho ao seu desejo, mas eles não se conformaram e o dia inteiro circulavam perto dos postos militares, fazendo vários serviços para os soldados. Aguardavam o momento em que seriam necessários e úteis. E esse momento logo chegou.

Os alemães tinham se instalado em alguns prédios; por exemplo, no Banco Nacional Econômico (BGK), que ficava na esquina da avenida Jerozolimskie com a Nowy Swiat. Atiravam nas posições dos combatentes com armas leves e pesadas. A avenida Jerozolimskie, que recebia tiros dos dois lados – do prédio do Banco e da estação ferroviária –, transformou-se numa espécie de "terra de ninguém".

No meio da avenida estavam dois alemães mortos e, perto deles, dois fuzis e algumas granadas. Os combatentes precisavam dessas armas. Pawel se apresentou como voluntário para realizar a tarefa. O comandante da divisão militar cedeu à insistência do garoto e concordou.

Depois da meia-noite, Pawel saiu de uma casa destruída. Quando ele estava no meio da ponte, perto do seu objetivo, os alemães ouviram um barulho suspeito e atiraram uma granada. Apavorado, Pawel deitou-se no chão. Lançaram mais algumas granadas e novamente a rua ficou silenciosa e escura. Espantando o medo, o garoto foi em direção dos soldados mortos. Amarrou os fuzis e as granadas na cintura, tirou as balas para guardá-las no bolso e depois fugiu daquela zona perigosa. Voltou então à linha polonesa da defesa.

Após esse ato de coragem, Pawel e Zenek foram aceitos nas fileiras dos combatentes. Registraram os dois irmãos com o nome Borkowski: Pawel recebeu o pseudônimo de "Cwaniak", Valente, e

Zenek, o de "Miki". Foram indicados como intermediários pelo comando militar. Orgulhosos com o cargo, os garotos realizavam suas tarefas com o maior entusiasmo. A prática que adquiriram na época do tráfico no gueto e em sua vida tumultuada no lado ariano os ajudou. Eram mais habilidosos que muitos rapazes poloneses da mesma idade e não perdiam para eles em coragem. Adaptaram-se completamente ao estilo do novo ambiente: dia e noite divertiam-se com os militares e não raro se punham lado a lado com os soldados na primeira linha da defesa.

Na ponte da avenida Jerozolimskie havia muitos mortos e feridos, a quem não se podia ajudar, porque pôr a cabeça para fora da barricada era muito arriscado.

No dia 10 de agosto, os combatentes pegaram um pastor do Exército alemão como prisioneiro. Ele aceitou escrever uma carta aos alemães, instalados no BGK, com um pedido de cessar-fogo, para que fossem retirados os mortos e feridos. O pequeno Zenek foi escolhido como intermediário para parlamentar com os alemães.

Eis o que Zenek-Miki narrou sobre sua missão:

> Fui escolhido como emissário do grupo *Shturem*, chefiado pelo tenente Bloniak, para me entender com os *shkopes*, que estavam no Banco Econômico. Dando um pulo para a frente, já me encontrava na esquina da rua Bracka com a avenida Jerozolimskie. Inesperadamente alcançaram-me tiros da estação ferroviária, que quase me mataram. Não prestei atenção a isso e continuei correndo. Quando saí da Bracka em direção à avenida Jerozolimskie, senti terrível medo, mas meu comandante gritou: "Miki, continue, agite a bandeirinha branca". Então continuei correndo. Ao entrar no prédio do Banco, abordaram-me três *shvabes* com automáticos apontados, prontos para atirar. Um deles gritou para mim: "Venha cá". Entreguei-lhe a carta do pastor, preso por nós. Logo acorreu todo um bando. Esses

shvabes cruéis, que foram tão seguros de si durante as ações contra nós, tinham agora rostos miseráveis. Perguntaram-me: "Onde está seu comandante e onde ficam suas posições?". Eu disse: "Não entendo" e pedi uma resposta para nosso comandante. Furioso, o alemão respondeu: "Nenhuma resposta". Saí correndo em zigue-zague, porque estava com medo de que os *shvabes* atirassem em mim. Voltei à divisão militar *Shturem* e contei toda a história. Morremos de rir. "Se todos os *shvabes* são agora tão corajosos como esses, logo, logo, Hitler não vai ter *naches* deles."

No dia seguinte, foi declarado um cessar-fogo por algumas horas, durante o qual foram recolhidos os mortos e os feridos. À noite, os combates voltaram. Miki e Cwaniak participaram de todos os ataques da divisão militar deles. Os jornais da resistência* escreveram bastante sobre o heroísmo desses meninos.

Eis o que escreveu o *Boletim de Informações do Levante*, de 13 de agosto de 1944, no artigo "Antek Pulverizator":

> Antek Pulverizator e a intermediária Nina eram um casal unido. Ele corria "para o trabalho" e ela limpava armas, provia lojas e providenciava munições. O intermediário Miki, de treze anos, frequentemente os acompanhava. Esse trio estava sempre cheio de humor e energia, não conhecia cansaço, era a menina dos olhos do grupo *Shturem*... Sobre o túmulo de Antek, o comandante Sokol, transportado do hospital militar em uma maca, despediu-se de seu querido amigo com um curto discurso de soldado. O pequeno Miki, um rapazinho corajoso de Varsóvia, que não teve medo de negociar

* *Varsóvia Luta*, jornal de informações do ACN, 13 de agosto de 1944, artigo "Der Kamf drailing".
Da Primeira Linha do Front, 17 de agosto de 1944, artigo "Os mais jovens". [N.A.]

com os alemães no Banco Nacional Econômico como intermediário do nosso comandante, chorava como um bebê. Hoje Nina, Miki e o grupo inteiro se encontram outra vez na primeira linha do front de Varsóvia.

No final de agosto chegou uma ordem para explodir o bunker alemão na esquina da rua Bracka com a avenida Jerozolimskie. Imediatamente Pawel ("Cwaniak") se apresentou como voluntário ao tenente. Tarde da noite ele recebeu um caixote com dinamite; abaixando-se, aproximou-se do bunker. Atrás dele, um soldado mais velho puxava o fio elétrico até o material explosivo. Junto ao portão da casa 12 da Bracka, um terceiro desenrolava o fio do carretel. Depois de executar a tarefa no bunker, onde estavam dois alemães discutindo muito, Cwaniak se apresentou depressa ao comandante, informando que a ordem tinha sido cumprida. O tenente apertou um botão e todo aquele quarteirão explodiu: o bunker e os alemães voaram pelo ar.

Izaak-Stasiek, que no quartel recebeu o pseudônimo de Moreno, estava na Companhia *Shturem*, do capitão Nalecza. Pertencente ao grupo dos defensores mais heroicos da cidade velha, participou dos piores combates para resgatar o prédio PASTA de telefonia, na rua Tlomackie, e o prédio do Banco Polski, na Bielanska. Lá ele foi ferido na perna.

Na cidade velha ocorreram combates sangrentos. O cerco em torno dos combatentes estreitou-se cada vez mais. As casas caíam sob bombas e granadas, cobrindo milhares de cadáveres. Esquadrilhas sobrevoavam sem parar toda a região, arremessando cargas mortíferas. A cidade velha se transformou num monte de escombros. Por causa do furacão de fogo alemão e da situação desesperadora, o comandante ordenou que os combatentes deixassem essa região e se aliassem às tropas no centro da cidade.

No dia seguinte, foi resolvido que sairiam da cidade velha pelos canais subterrâneos. Um batalhão após outro foi entrando pelos canais enquanto soldados fora mantinham a ordem e a tranquilidade e levavam os combatentes feridos. Uma parte dos batalhões foi para o centro da cidade, outra, para Zoliborz. Pelos canais mais baixos, onde havia lixo e sujeira, os soldados, abaixando-se, iam um após o outro. De vez em quando ouviam-se detonações: alemães e seus aliados ucranianos jogavam granadas dentro dos canais.

Após horas, a divisão de combatentes em que Izaak-Stasiek se encontrava saiu do canal para o ar livre, no centro, e estacionou na barricada da rua Krucza, esquina da avenida Jerozolimskie. Lá encontrou Pawel e Zenek; algumas horas depois deparou nas barricadas próximas com Camponês e Bolinho. Foi grande a alegria dos vendedores de cigarros, que festejaram até tarde da noite. Combinaram visitar a Vovó na rua Krucza.

Logo de manhã, os vendedores de cigarros compraram alimentos para não irem à casa dela com as mãos vazias. Depois de duas horas passando através de buracos, muros, porões, caminhos subterrâneos e valetas, acharam um caminho que dava para a rua Krucza, 16. A casa estava semidestruída por causa das granadas; lá havia um refúgio para combatentes, os locatários estavam num porão escuro. Quando as pessoas viram os pequenos soldados armados, deram-lhes passagem. Pawel procurou por toda parte.

— Onde está a Vovó? – gritou Zenek.

— Estou aqui – ouviu-se de um canto uma voz.

— Meus queridos meninos, eu cuidei de vocês, e vocês não esqueceram da velha, que agora vive na miséria – chorava de alegria a Vovó.

Os garotos deram para ela um saco com alimentos e despediram-se deixando o porão.

— Daqui a dois ou três dias vamos voltar – falou Zenek.

E eles retornaram às suas posições.

Enquanto isso, os combates se prolongavam; ficava cada vez mais claro que não havia chances de dominar Varsóvia. Todo dia diminuía a reserva de alimentos e armas. Cada batalha resultava em enormes perdas entre os combatentes e também entre a população civil. Os alemães atacavam com força cada vez maior.

Em meados de setembro, os alemães conseguiram cercar o prédio Cristal, um ponto importante que dominava toda a região. Tarde da noite veio uma ordem para a retomada do edifício a qualquer preço. Pouco depois começou o ataque, levado a cabo por combatentes de várias divisões. Izaak-Stasiek, com o fuzil na mão, estava na linha de frente. Cwaniak e Miki forneciam armas e munição. Após trinta horas de lutas conseguiram expulsar os alemães do prédio ocupado.

Houve várias trocas de posição. A ocupação de Praga pelos militares poloneses e pelo Exército soviético, no dia 14 de setembro, melhorou o humor nas fileiras dos combatentes. Desde então, diariamente sobrevoavam a cidade aviões russos, que jogavam paraquedas com armas e alimentos para os insurgentes. Uma parte dos paraquedas era levada pelo vento para o lado alemão ou para a "área neutra". Ao cair da noite, um grupo do qual faziam parte Stasiek, Miki e Cwaniak furtivamente pegava no mato os paraquedas, repletos de armas e alimentos, para levá-los aos combatentes.

Os militares poloneses enviaram algumas divisões à margem esquerda do Vístula, particularmente a Powisle e a Zoliborz, para ajudar a capital destruída.

Entretanto, a situação geral da resistência não se modificou. A cada dia o setor da defesa diminuía: as posições caíam sob o peso da pressão alemã. Os alemães temiam que os russos criassem um forte suporte estratégico na margem esquerda do Vístula; por isso, concentraram todas as suas forças para liquidar a resistência.

Após difíceis combates, que duraram 63 dias, Varsóvia capitulou. Primeiro caiu Powisle, depois Mokotow e Zoliborz. No dia 2 de outubro chegou a vez do centro da cidade. No ato de capitulação os combatentes deviam depor as armas e entregar-se como prisioneiros, já a população civil seria transportada à Alemanha para trabalhos forçados.

Nossos vendedores de cigarros não sabiam o que fazer; temiam que descobrissem sua ascendência judaica. Zenek e Pawel procuraram o tenente Bloniak e lhe contaram que eram judeus.

— Vocês devem sair de Varsóvia com os militares. Se saírem como civis, é possível que sejam reconhecidos – alertou-os o tenente.

Os garotos pensaram um pouco e perceberam que era isso mesmo o que tinham a fazer. Com fitas brancas e vermelhas nos ombros e águias polonesas nos bonés, os nossos meninos marcharam pelas ruas destruídas de Varsóvia como prisioneiros dos alemães. Imensas filas de combatentes, de cabeça baixa, se arrastavam pela cidade ainda em chamas. Próximos a eles, milhares de civis – crianças, mulheres e velhos – seguiam como errantes.

Entre os civis estavam Teresa e Halinka. Ainda teriam momentos difíceis, mas dessa vez foram salvas com outros moradores da capital.

Prisioneiros, os vendedores de cigarros se separaram. Os combatentes foram mantidos por algum tempo no *lager* provisório de Ozarow e depois enviados em grupos para a Alemanha. O trem em que viajava o grupo de Izaak-Stasiek foi atacado por *partisans*; Stasiek fugiu para uma floresta com um bando de quinhentos combatentes.

O grupo em que se encontravam Zenek (Miki) e Pawel (Cwaniak) foi levado para o campo militar em Lansdorf, na Silésia. A alimentação e as habitações eram péssimas. Após algumas semanas o campo recebeu a visita de uma comissão da Cruz Vermelha Internacional; os combatentes ganharam pacotes de alimentos e uniformes ingleses.

A direção do campo separou os soldados mais jovens, cerca de sessenta, enviando-os para Milberg, na Saxônia. Era um campo antigo com milhares de prisioneiros de várias nacionalidades. Nessa multidão, de diferentes línguas e cores, Miki e Cwaniak encontraram Camponês e Bolinho. Aí as condições não eram tão ruins, porque a Cruz Vermelha providenciava pacotes de alimentos e roupas.

Algumas semanas depois, os soldados mais jovens foram enviados para o campo de Brokwitz (Saxônia), onde trabalhavam em fábricas e à noite se distraíam nos barracões. Nossos meninos evitavam brigas ou disputas, o que provocou suspeitas entre os rapazes poloneses. Começou uma verdadeira perseguição aos vendedores de cigarros.

A primeira vítima foi Camponês; maltratavam-no sem dó. Uma vez, ele levou uma surra de um rapaz polonês com quem tinha lutado em Varsóvia. Depois as vítimas foram Pawel e Zenek, que já não podiam andar tranquilos pelo barracão. Seus amigos poloneses davam-lhes lugares separados para dormir, mas mesmo assim não faltavam oportunidades para atormentá-los. Obrigavam os dois a engraxar os sapatos dos "colegas combatentes", tiravam-lhes os pacotes de alimentos e sempre ameaçavam denunciá-los como judeus ao diretor do campo alemão.

A notícia da perseguição aos meninos chegou ao campo vizinho, que era de oficiais-prisioneiros de 1939. Certo dia apareceu um jovem oficial polonês, que reprovou a conduta dos rapazes poloneses, mas nada adiantou. A situação piorou, até que o assunto chegou ao diretor do campo.

Diante dessa autoridade os meninos confessaram que eram judeus e falaram dos problemas que estavam enfrentando. O diretor chamou os rapazes e condenou a perseguição aos colegas judeus que tinham lutado como eles. Ameaçou-os dizendo que estava pronto para tomar medidas mais rigorosas. Desde então, acabaram-se os maus-tratos contra os meninos judeus e ninguém mais se atrevia a tirar deles os pacotes de alimentos. Mas eles continuaram tendo que dormir longe dos outros.

A situação de Marysia e Stefcia era semelhante. Os alemães haviam tirado de Varsóvia todas as mulheres combatentes (eram 1.800), enviando-as para Oberlangen. No *lager*, as duas logo se destacaram; organizou-se um grupo de teatro, em que elas cantavam e dançavam bem. Isso despertou inveja e logo começaram as perseguições, em que se dava a entender que era sabido que elas eram judias. Marysia e Stefcia, porém, não se abateram e com orgulho repeliram os maus-tratos. Então, as mulheres ameaçaram denunciá-las para os alemães; a cada dia a situação piorava. Por sorte, um grupo de prisioneiras belgas de um campo vizinho, sabendo do que se passava, ousou ameaçar o chefe do grupo polonês com vingança, se denunciassem as moças judias. Essa ameaça deu bom resultado e a situação das duas irmãs melhorou um pouco.

Enquanto isso, a linha do front na Polônia avançava depressa para o oeste. No dia 17 de janeiro de 1945, os militares soviéticos ocuparam o distrito de Kielce, onde operavam grupos de *partisans*, entre os quais Izaak-Stasiek. No dia seguinte, foi libertada a região de Grojec, em que estava Jasia.

Logo após a libertação de Varsóvia e arredores, milhares voltaram para a cidade. E os primeiros foram Halinka e Maisterek. Todo dia eram libertadas outras regiões; as batalhas se deslocaram para a Alemanha.

No dia 12 de abril o campo de mulheres em Oberlangen foi libertado: Marysia e Stefcia ficaram livres.

Os alemães, recuando diante da ofensiva do Exército soviético, evacuaram o campo dos prisioneiros jovens de Brokwitz e partiram em direção a Glasshute, que foi libertado pelo Exército Vermelho em 5 de maio de 1945

Os meninos judeus Pawel, Zenek, Burek "Camponês" e Leon "Bolinho" retornaram para Varsóvia. Dias depois, foi a vez de Teresa, que havia sido libertada em Berlim.

Assim, terminou a epopeia dos vendedores de cigarros da praça Três Cruzes durante a ocupação alemã. Apesar de tudo, eles tiveram muita sorte: das vinte e poucas crianças, a maioria se salvou. Infelizmente, foram raros os que conseguiram encontrar suas famílias.

Epílogo

Agora os vendedores de cigarros da praça Três Cruzes são adultos. Homens e mulheres com as próprias famílias e lares.

Quem reconheceria agora nesse jovem e corpulento oficial do Exército de Israel, Bentzion Fiks, o pequeno Bolus, o mais novo do grupo? Na verdade, ele é considerado sabra, nascido em Israel, e as imagens do passado trágico se apagaram de sua memória.

E o que dizer de Ignatz Milchberg, empresário do Canadá, homem tranquilo e pai de família? Ele lembra ainda o Touro daquela época, o líder do grupo de vendedores de cigarros? Apesar de seus vários interesses comerciais, nunca esquece seus irmãos na dor "daqueles tempos".

Pawel, Peretz Hofman, hoje tratorista no deserto de Neguev, no sul de Israel, ou seu irmão Zenek, que trabalha no controle de produção de armas militares em Israel – será que eles estão longe daqueles capetinhas esfarrapados e descalços de Saska Kepa?...

Quando os moradores das cidades israelenses ainda estão mergulhados num sono profundo, David Plonski, o Jurek, motorista, já transporta as frutas do seu kibutz para a Cooperativa. Com orgulho, seu filho de dez anos, que também deseja ser motorista, mostra aos amigos a "cruz militar por heroísmo" que seu pai recebeu do governo polonês, por ter participado ativamente nas lutas durante o levante do gueto de Varsóvia.

Iankl Kleiman há tempos corrigiu seus dentes de cima, mas ainda tem o apelido da época da ocupação, Dentinho, e isso não o prejudica absolutamente. Ele é hoje um ilustre peleteiro no Canadá.

Napa – Josef Shapiro – é hoje mecânico na El-Al, a companhia aérea do governo de Israel; suas opiniões são muito consideradas. É um pai de família ideal; aqueles dias ficaram gravados profundamente em sua memória.

Será que Teresa – Toibe H. – imaginou algum dia que três pequenos sabras iriam alegrar sua vida?

O destino quis que Careca, Mosze V., e Maisterek, Baruch Kaplan, fossem viver na distante Austrália.

Izaak-Stasiek, Isaac Praiz, encontra-se nos Estados Unidos.

Na América do Sul estão Wladek, Chaim F., e Cenourinha, Iakov Bergson, com sua mãe.

Halinka, Chana N., encontrou parentes na Polônia e lá ficou.

Zbyszek, Itzchak Grimberg, e Bolinho, Leon Gelman, estão por aí, em algum país. Talvez este livro chegue até eles em qualquer parte e então eles possam reatar os laços.

Parece que aqueles trágicos acontecimentos ficaram gravados profundamente na alma de Bielas, Joseph Himelblau, que, sob o forte impacto do processo Eichmann, em Jerusalém, se matou. Sua morte deve fazer parte do auto de acusação contra os assassinos hitleristas.

Em Israel encontram-se Camponês, Tzvi Mandlblat, o Pequeno Stasiek, Joshua Tamblich, Kuba e suas duas irmãs, Marysia e Stefcia.

E também Amcho, Alexander Celniker, motorista de ônibus urbano. Ele parece, hoje, mais jovem do que há vinte anos, quando os vendedores de cigarros o "acharam" num buraco em um campo perto de Varsóvia. Amcho se lembra dos meninos com gratidão. Sonha em reunir os vendedores de cigarros e suas famílias para fazer um passeio com eles em seu ônibus pelas ruas de Tel Aviv. Será que caberão todos?

Todos eles se tornaram pessoas íntegras. Sua extraordinária luta pela sobrevivência durante a ocupação nazista e os esforços para reconstruir a vida no pós-guerra moldaram seu modo de ser.

Eles não esqueceram os amigos que não sobreviveram para ver a libertação. Com piedade lembram-se do menino-herói polonês Romek Plonkowski, de Coxo, Joseph Szindler, e do Francês, Kazik Gelblum, que ficaram sem sepultura.

Lembram-se dos poloneses generosos que, arriscando a própria vida, os ajudaram durante os hediondos anos da ocupação.

Apesar de estarem distantes uns dos outros, os elos da amizade permanecem. Como naquela época, eles se consideram, também hoje, uma grande família.

Joseph Ziemian, 1961.

Glossário

Bone: cupom para obter pão. No jargão do gueto, "entregar a *bone*" significava morrer.

Cwaniak: valente.

Kesl: "caldeirão". Por metáfora, espaço totalmente cercado no qual cada rua era bloqueada.

Lager: campo de concentração.

Naches: alegria, felicidade.

Partisan: membro do movimento de resistência à dominação alemã; guerrilheiro.

Pessach: festa da liberdade, que comemora a redenção dos israelitas da escravidão no Egito.

Placowka: fábrica alemã onde judeus trabalhavam.

Sabra: pessoa nascida em Israel; israelense.

Seder: refeição familiar de Pessach, acompanhada do relato da história do Êxodo, a saída do Egito.

Shkop, shvab: apelidos ofensivos que os poloneses davam aos alemães.

Shmalzers: pessoas que chantageavam os judeus e, em geral, acabavam por denunciá-los aos alemães.

Shturem: temporal; no jargão militar, ataque, ofensiva.

Umshlagplatz: no gueto de Varsóvia, era no início o lugar onde se armazenavam alimentos de fora e de onde os judeus eram enviados para trabalhar em outras regiões. Na época de uma "ação", o termo passou a designar os pontos onde os judeus eram reunidos para serem levados a campos de extermínio.

Werkschutz: policial alemão.

Zlote: moeda polonesa.

Este livro foi composto na fonte Albertina
e impresso em outubro de 2019 pela Eskenazi,
sobre papel pólen soft 80 g/m².